SONHOS DE DAVI

Editora Appris Ltda.
1.ª Edição - Copyright© 2023 da autora
Direitos de Edição Reservados à Editora Appris Ltda.

L222s
2023
	Lambert, Juliana
	    Sonhos de Davi / Juliana Lambert.
	    1. ed. – Curitiba : Appris, 2023.
	    104 p. ; 21 cm.
	
	    Título da coleção geral.
	    ISBN 978-65-250-5213-7
	
	    1. Ficção brasileira. 2. Sonhos. 3. Adolescência. 4. Amor.
	5. Amizade. I. Título.
	
	                                        CDD – B869.3

Catalogação na Fonte
Elaborado por: Josefina A. S. Guedes
Bibliotecária CRB 9/870

Appris
editora

Editora e Livraria Appris Ltda.
Av. Manoel Ribas, 2265 – Mercês
Curitiba/PR – CEP: 80810-002
Tel. (41) 3156 - 4731
www.editoraappris.com.br

Printed in Brazil
Impresso no Brasil

Juliana Lambert

SONHOS DE DAVI

FICHA TÉCNICA

EDITORIAL	Augusto Coelho
	Sara C. de Andrade Coelho
COMITÊ EDITORIAL	Marli Caetano
	Andréa Barbosa Gouveia (UFPR)
	Jacques de Lima Ferreira (UP)
	Marilda Aparecida Behrens (PUCPR)
	Ana El Achkar (UNIVERSO/RJ)
	Conrado Moreira Mendes (PUC-MG)
	Eliete Correia dos Santos (UEPB)
	Fabiano Santos (UERJ/IESP)
	Francinete Fernandes de Sousa (UEPB)
	Francisco Carlos Duarte (PUCPR)
	Francisco de Assis (Fiam-Faam, SP, Brasil)
	Juliana Reichert Assunção Tonelli (UEL)
	Maria Aparecida Barbosa (USP)
	Maria Helena Zamora (PUC-Rio)
	Maria Margarida de Andrade (Umack)
	Roque Ismael da Costa Güllich (UFFS)
	Toni Reis (UFPR)
	Valdomiro de Oliveira (UFPR)
	Valério Brusamolin (IFPR)
SUPERVISOR DA PRODUÇÃO	Renata Cristina Lopes Miccelli
PRODUÇÃO EDITORIAL	Jibril Keddeh
REVISÃO	Bruna Fernanda Martins
DIAGRAMAÇÃO	Renata Cristina Lopes Miccelli
CAPA	Tiago Reis

Para todos os sonhadores do mundo.

Sonhar é verbo, é seguir,

é pensar, é inspirar,

é fazer força, insistir,

é lutar, é transpirar.

são mil verbos que vêm antes

do verbo realizar.

(Bráulio Bessa)

PREFÁCIO

Engana-se quem pensa que *Sonhos de Davi* é uma obra sem grandes pretensões.

Usando o imaginário adolescente como fio condutor, a jovem autora fala sobre relacionamentos, enganos e oportunidades para novos começos.

Apesar da pouca idade, Juliana sabe que, para um sonho acontecer, é preciso que se dê o primeiro passo e que isso exige uma dose extra de coragem, principalmente se você nasceu coelho e não raposa.

Fazendo uso da fantasia, a escritora define, por meio da dinâmica dos personagens, a diferença entre paixão e amor, fala sobre diversos tipos de relacionamento e, mais sutilmente, sobre o perdão que possibilita ao coração abrir-se a novas relações.

Costurando as cenas durante o enredo, Mawéka aparece como metáfora do encontro com Deus nos momentos mais decisivos da vida.

Enfim, o livro falará sobre escolhas e decisões difíceis no mundo jovem, como a definição de uma profissão, o desejo de corresponder às expectativas dos pais, por vezes em desacordo com a vontade pessoal, e a afirmação da vocação que se manifestou precocemente, muitos dos desafios experienciados pela própria escritora.

Tenho certeza de que você irá amar! Boa leitura!

Rosana de Oliveira Lopes

Arteterapeuta, Arte-educadora;
Mestra em Artes Visuais;
Especialista em História e Linguagens da Arte.

APRESENTAÇÃO

Desde que eu me entendo por gente, sempre gostei muito de ler. Por volta dos 10 anos, peguei um dos cadernos que eu tinha em casa e comecei a escrever uma história sobre um coelho chamado Pedro. Nunca a terminei, mas foi com ela que eu percebi o quanto gostava de escrever.

Quando tinha 12 anos, finalizei minha primeira ficção, chamada *O Passarinho*. Desde então, escrevi alguns poemas e outras pequenas histórias. Não parei mais, até que, um dia, veio à minha mente o coelho Davi.

Minha ideia inicial era criar apenas um conto. Contudo, à medida que eu escrevia, mais eu me envolvia e mergulhava na vida e na realidade desse coelho tão singular e destemido. Quando finalmente me dei conta disso, já estava em um caminho sem volta.

Conheci a casa e a horta da família dele, conheci seus irmãos, seus pais e Amanda – que se tornou muito essencial para Davi no decorrer da história – e todos os outros personagens que, de alguma forma, foram importantes em sua vida. Quando retornei à minha realidade, tentei, da melhor maneira possível, descrever em palavras tudo aquilo que tinha visto e experimentado.

Lembro-me direitinho de quando me sentei em frente ao computador e escrevi a primeira frase desta história. Naquele momento, meus dedos simplesmente flutuaram pelo teclado, como se eu estivesse sendo conduzida pela força da imaginação.

Ver este livro nascer e tomar forma é indescritivelmente gratificante. Espero que você goste desta história e aproveite a visita à realidade de Davi tanto quanto eu aproveitei. Boa viagem!

A autora

SUMÁRIO

CAPÍTULO 1 15

CAPÍTULO 2 19

CAPÍTULO 3 27

CAPÍTULO 4 34

CAPÍTULO 5 38

CAPÍTULO 6 46

CAPÍTULO 7 54

CAPÍTULO 8 59

CAPÍTULO 9 65

CAPÍTULO 10 72

CAPÍTULO 11 75

CAPÍTULO 12 78

CAPÍTULO 13 84

CAPÍTULO 14 90

CAPÍTULO 15 96

EPÍLOGO 100

AGRADECIMENTOS 103

CAPÍTULO 1

Davi era um coelho diferente. Não estou falando da aparência, pois, assim como toda a sua família, sua pelagem também era do tipo cinza com algumas poucas manchinhas. Estou falando da sua essência. Seus pais, Jorge e Miriam, eram donos de uma pequena horta bem-sucedida no meio da floresta e trabalhavam lá desde que atingiram a adolescência, assim como os seus 12 irmãos mais velhos. Todos eles ficavam honrados e extremamente felizes quando esse grande dia chegava, pois sentiam que finalmente exerceriam sua função neste mundo.

Para Davi, esse dia estava cada vez mais próximo. Contudo, essa não era a maneira que ele queria aproveitar a sua vida. Seu sonho era fazer algo diferente, como conhecer toda a floresta em que morava desde as mais altas árvores às maiores e mais profundas cavernas. Por isso, quando faltavam duas semanas para seu aniversário, decidiu conversar com seus pais.

— Pai, mãe, eu posso falar com vocês?

Era noite e o jantar, um delicioso creme de cenoura, já havia sido devorado por todos. Seus irmãos já haviam se recolhido; seu pai estava na sala de estar sentado em uma poltrona vermelha – sua favorita – lendo um jornal e sua mãe saiu da cozinha no momento em que ouviu seu chamado.

— Davi, você não deveria estar na cama?

Ele olhou para sua mãe. Ela estava com as patas para trás, desamarrando um avental xadrez com uma prática, ao seu ver, incrível, apesar de saber não ser uma tarefa realmente difícil.

— Sim, mas eu queria falar com vocês antes.

Seu pai abaixou o jornal e retirou seus óculos de leitura.

— Aconteceu alguma coisa, meu filho?

Davi respirou fundo. Horas atrás havia pensado em como dizer aquilo a seus pais. Entretanto, quando ele olhou para os olhos de seu pai, que eram de um azul tão intenso quanto o céu, todas as palavras fugiram de sua boca.

— Eu... bem, vocês sabem que meu aniversário é daqui a duas semanas e...

Sua mãe abriu um enorme sorriso enquanto dobrava o avental em suas patas.

— Sim! Ah, Jorge, nosso caçula cresceu! Já vai poder trabalhar conosco!

Seu pai ergueu os cantos da boca, a fim de demonstrar sua felicidade. Não que ele não estivesse realmente feliz; ele sempre fora mais sério que sua mãe, e talvez também estivesse cansado por conta do longo dia de trabalho.

Davi percebeu que a conversa não estava tomando o rumo que ele queria, então decidiu intervir.

— É sobre isso que eu queria falar. Como amanhã vai faltar só duas semanas para o meu aniversário, isso significa que já posso começar o meu aprendizado. – Pausou sua fala, procurando pelas palavras certas. – Mas isso não é o que eu quero para a minha vida. Não quero trabalhar a vida toda plantando legumes e verduras. Eu quero aprender mais sobre toda a nossa floresta, conhecer outros animais e talvez até fazer amizade com algum deles!

Após terminar de falar, Davi não esperava que seus pais simplesmente aceitassem que ele não queria trabalhar com eles, que prontamente o apoiassem. Contudo, também não esperava a reação que obteve. Ao olhar para a cara deles, não sabia dizer quem estava mais estarrecido.

Durante alguns longos segundos, que pareceram durar horas, o tique-taque do relógio da parede foi a única coisa que se ouviu. Davi prendeu a respiração e não sabia se era melhor dizer algo ou ficar calado. Finalmente, seu pai fechou o jornal e decidiu se manifestar.

— Filho, eu não entendo. Nós somos coelhos. A melhor função que podemos exercer neste mundo é cuidar para que frutas, legumes e verduras cresçam saudáveis. Não somos grandes e fortes como os leões, não voamos como os pássaros e não somos inteligentes como os chimpanzés. Lá fora, a floresta é muito mais perigosa do que você imagina.

Davi suspirou. Ele não estava disposto a desistir tão facilmente.

— Eu sei, pai. Mas esse é o meu sonho. A vida é uma só, então temos que aproveitar, certo?

Sua mãe se aproximou e colocou o avental já dobrado sobre a mesinha de centro. Depois se agachou, ficou de frente para seu filho e colocou a pata dianteira direita sobre o ombro dele.

— Quando eu tinha a sua idade, Davi, também tinha muitos sonhos. Mas, como seu pai já disse, lá fora a floresta é muito perigosa. Nem todos os animais vão querer o seu bem, e nós, sendo coelhos, não somos capazes de nos defender de todos eles. Por isso, o melhor que temos a fazer é guardar nossos sonhos para nós, nos proteger e aproveitar nosso tempo cultivando nossos alimentos. Sonhos não levam a lugar algum.

Ela abriu um pequeno sorriso de afeto, mas Davi não retribuiu. Estava inconformado que teria de passar toda a sua vida cultivando uns legumes estúpidos só porque havia nascido coelho.

— Mas não é assim que eu quero viver. Eu quero aproveitar minha vida explorando essa floresta. Eu quero aprender tudo o que estiver ao meu alcance. Eu podia me tornar um explorador!

Seu pai se ajeitou na poltrona e o encarou. Aqueles olhos azuis pareciam penetrar até a sua alma.

— Davi, essa é a nossa vida. Não temos outra e nem meios de conseguir outra. Esta é a nossa única realidade. Por isso, devemos aceitá-la e ser muito agradecidos por ela.

Davi sentiu seu estômago revirar. Não queria terminar a conversa ali, mas não via uma outra forma de convencer seus pais de que ele era diferente. Olhou para a sua mãe, suplicante.

— Por favor. Eu não quero ser assim. Eu quero ser feliz.

Ela suspirou e o observou. Seus olhos, escuros como a noite, eram iguais aos dele.

— Mas você vai ser feliz. Você vai ser muito feliz. Você vai trabalhar conosco e com todos os seus irmãos, que te amam tanto. Você não poderia desejar uma vida melhor.

Davi encarou o chão. Seus olhos se encheram de água e ele não ousou olhar para seus pais. Com a cabeça ainda baixa, respondeu de modo quase inaudível.

— Eu nunca vou ser feliz aqui.

Com isso, correu para seu quarto e fechou a porta, em silêncio.

CAPÍTULO 2

Na verdade, Davi não tinha um quarto só para si; ele o dividia com seus outros sete irmãos. Suas cinco irmãs dividiam um outro quarto, ao lado do deles.

Apesar de se esforçar para fazer silêncio e não os acordar, isso não era exatamente necessário, pois suas patas felpudas já faziam todo o trabalho. Com cuidado, ele subiu em sua cama e se deitou. Mesmo depois de se ajeitar, as lágrimas ainda escorriam e molhavam seu rosto macio.

Davi não sabia o que fazer. Ele não estava disposto a desistir. Pelo menos, não ainda. Mas, se a conversa com seus pais não havia funcionado, o que mais ele poderia fazer? Como seu pai muito bem disse, ele era apenas um coelho. Um simples coelho que não era capaz de fazer nada além de trabalhar numa horta escondida num recanto da floresta.

Enquanto pensava nisso, uma última lágrima escorreu e ele pegou no sono.

Quando acordou, seus 12 irmãos e seus pais já haviam ido para a horta. Ele se levantou, bocejou enquanto se espreguiçava e foi até a cozinha. Sobre a mesa redonda, seu café da manhã já estava separado e havia um bilhete de sua mãe.

Depois de tomar seu café, venha até a horta que vamos te mostrar como tudo funciona. Não fique triste, querido. Você vai gostar.

Mamãe.

O conselho de sua mãe serviu para absolutamente nada. Ele já havia passado a noite inteira pensando nisso e também havia implorado para qualquer um que pudesse ouvir suas preces que o ajudasse.

Tomou seu café e foi até a horta. Tanto seus pais quanto seus irmãos estavam muito animados e lhe mostraram tudo com muito carinho e paciência, desde tomate, melancia, cenoura, cebola, alho, abóbora, alface e rúcula até manjericão, salsa, hortelã e alecrim. Apesar de sua tristeza, estar com sua família e ser tratado daquela maneira melhorou um pouco seu ânimo; mesmo assim, ele ainda não havia desistido de seu sonho.

Davi passou o dia todo na horta, aprendendo mais sobre seu funcionamento e rindo das piadas que seu irmão, Diogo, contava. Ele até pensou que, se Diogo não trabalhasse lá, seria um ótimo piadista.

À noite, no jantar, todos o parabenizaram pela rapidez com que aprendeu tudo aquilo que eles lhe mostraram. Não posso dizer que Davi não estava feliz, pois seu dia fora melhor do que pensara, mas aquele seu desejo ainda estava muito presente em seus pensamentos.

Na cama, deitado, decidiu implorar mais uma vez para qualquer um que pudesse ouvi-lo. Depois, cansado pelo longo dia que teve, pegou no sono.

De manhã, quando observou a forte luz que entrava pela janela e iluminava as outras camas vazias, deduziu que já devia ser tarde. Levantou-se e percebeu que havia algo de estranho no ambiente. Apesar de ainda não trabalhar na horta, acordar tarde era algo incomum para ele, especialmente porque sempre ia cedo para a cama.

Contudo, antes mesmo que ele pudesse sair do quarto, a luz que entrava pela janela aumentou, obrigando-o a fechar seus olhos. Durante algum tempo tentou abri-los, mas sem sucesso, pois a claridade estava muito forte. Depois de tropeçar algumas vezes nas tábuas soltas do quarto, a luz começou a diminuir e Davi pôde abrir seus olhos. Quando o fez, imediatamente percebeu a presença de outro ser ali.

Assim como ele, também era um coelho, mas era diferente. Diferente de qualquer outro coelho que Davi já havia visto. Era malhado, mas de todas as cores que se pode imaginar. Seus olhos eram azuis, mas não como os de seu pai – pareciam safiras, e refletiam a luz do sol com uma beleza indescritível. Possuía uma galhada logo abaixo das orelhas e segurava um cajado com a pata dianteira esquerda.

— Eu sou Mawéka, o deus desta floresta e protetor dos animais. Ouvi seu chamado. Em que posso ajudá-lo?

Davi estava estarrecido. Ficou paralisado, conseguindo apenas gaguejar.

— É... e-eu... b-bem, e-eu...

Mawéka, com delicadeza e paciência, o interrompeu.

— Não estou aqui para machucá-lo. Apenas diga-me o que tanto o aflige.

Davi esfregou seus olhos. Será que aquela *coisa* poderia ajudá-lo? Bem, não custava nada tentar. Então, respirou fundo, enchendo seus pulmões de ar e de coragem, e disse:

— Eu... eu não quero trabalhar a vida toda na horta dos meus pais. Eu quero conhecer e aprender mais sobre essa floresta, sobre os outros animais. Eu quero ser um explorador.

Mawéka se virou para a janela, ficando de costas para Davi. Abriu as duas patas dianteiras, estendeu seu cajado e olhou para o céu que se estendia lá fora. Imediatamente, um relâmpago brilhou e, poucos segundos depois, Davi ouviu o trovão. Ele até teve a sensação de sentir o chão debaixo de suas patas tremer. Em seguida, Mawéka se voltou novamente para ele.

— Seu pedido será atendido. Agora você já pode acordar.

Acordar? Mas ele já não estava acordado?

Quando Davi abriu os olhos, estava suado e sua respiração estava ofegante. Olhou para a janela e o céu ainda não havia clareado por completo, o que significava que ainda era cedo. Então, o que havia acabado de acontecer?

Ele ainda ficou deitado durante mais alguns minutos. Aquilo havia sido um sonho, disso ele tinha certeza. Mas será que realmente havia sido só um sonho? Ele jamais teria criatividade para inventar tudo aquilo. Será que esse tal de Mawéka realmente existia? Será que sua vida realmente ia mudar?

Após chegar a nenhuma conclusão, decidiu se levantar e ir até a cozinha tomar seu café. Logo depois iria para a horta de sua família continuar seu aprendizado, assim como no dia anterior.

A vida de Davi não mudou em nada nos dias que se seguiram. Em todos eles, ele simplesmente acordou, tomou seu café sozinho e foi para a horta. No dia anterior ao do seu aniversário, seus irmãos lhe deram calorosos sorrisos e seus pais o elogiaram, dizendo que aprendeu tudo muito rápido e que estava mais do que pronto para trabalhar com eles.

Daniel, o primogênito da família, aproximou-se de Davi e o abraçou.

— Amanhã é o grande dia, maninho! — Em seu rosto havia um sorriso sincero. Davi tentou retribui-lo, mas o que ele conseguiu foi exibir apenas uma cópia barata. Felizmente, seu irmão estava muito cansado e nem reparou nisso.

Durante todos aqueles dias, Davi havia pensado em Mawéka e chegado à conclusão de que tudo aquilo fora apenas um sonho. Entretanto, naquela noite, ainda restava um fio de esperança que permeava seus pensamentos e fazia seu coração bater mais forte. Deitou-se em sua cama e logo pegou no sono.

No dia seguinte, como seria seu aniversário, Davi acordaria mais cedo do que o de costume, pouco antes do sol nascer, juntamente a seus pais e seus irmãos. Eles iriam para a horta, trabalhariam até a hora do almoço e depois voltariam para casa, a fim de comemorar o grande dia do caçula da família.

E foi o que aconteceu. Davi acordou, olhou para a janela de seu quarto e percebeu que o céu estava escuro, pois o sol ainda estava para nascer. Ele nunca havia acordado tão cedo. Antes de sair da cama, espreguiçou-se e achou que algo dentro dele havia mudado, pois se sentia diferente. Levantou-se e olhou por todo o quarto – estava sozinho. Espreguiçou-se mais uma vez e coçou-se, e teve a impressão de estar mais alto. "Claro que estou me sentindo diferente, afinal, hoje é meu aniversário!" Apesar de tudo, Davi estava feliz, pois aquele era o "seu dia". Deu uma última coçada na barriga e, ainda bocejando, caminhou lentamente até a cozinha, esperando encontrar toda sua família lá.

Todavia, o cômodo estava vazio e escuro. Davi entrou lentamente, olhando para os lados e perguntando-se onde estava todo mundo, quando alguém acendeu a luz.

— Surpresa! — Seus pais e irmãos estavam todos reunidos e, quando perceberam que Davi havia entrado no quarto, acenderam a luz para mostrar-lhe a surpresa que haviam preparado para ele.

A mesa estava cheia de diversos tipos de alimentos (a grande maioria, claro, da horta da família). Além disso, uma de suas irmãs, Daniela, havia enfeitado as paredes com vários desenhos dele (Davi sempre pensou que, se ela não trabalhasse na horta, seria uma artista maravilhosa).

Assim que a luz foi acesa, duas coisas aconteceram. Primeiro, Davi ficou extasiado com toda aquela prova de amor e, na mesma hora, esqueceu-se de toda a sua angústia sobre trabalhar na horta e estampou um enorme sorriso. Contudo, quando olhou para os rostos de seus familiares, não viu as caras felizes que esperava, e essa é a segunda coisa – o que ele viu foram caras de espanto e desespero.

Um de seus irmãos, Douglas, que era o mais corajoso, pegou a primeira faca que viu na mesa e apontou para ele.

— Como conseguiu entrar aqui? Vá embora, agora!

Davi olhou espantado para seu irmão.

— Que isso, Douglas? Sou eu, Davi!

Sua mãe olhou aflita para seu irmão Daniel.

— Leve todos para longe pela porta dos fundos. Eu e seu pai daremos um jeito nessa fera. — Daniel assentiu e rapidamente guiou todos os seus irmãos para fora, ficando por último. Quando ele estava quase saindo do cômodo, sua mãe o interrompeu com um grito. — O Davi! E procure pelo Davi!

A mente de Davi ficava mais confusa a cada segundo. Procurar pelo Davi? Mas ele estava bem ali! E que fera era essa que sua mãe havia mencionado?

Assim que Daniel saiu, Davi decidiu fazer alguma coisa.

— Mãe, pai, sou eu, Davi! De que fera vocês estão falando?

Seu pai pegou um facão e apontou para ele.

— Pare de regougar, fera! Você não vai machucar minha família, nem que seja a última coisa que eu faça!

Em seguida, Jorge agilmente raspou a ponta do facão no braço direito de Davi para ver se conseguia assustá-lo. Foi um corte superficial, mas ao ver que seu próprio pai havia feito aquilo, Davi ficou desesperado e correu para fora de casa pela porta da frente.

Correu durante algum tempo, até ter certeza de que estava fora da vista de qualquer familiar seu, antes de refletir sobre o que havia acabado de acontecer. Poucos minutos atrás, estava dormindo em sua cama pensando em como seria seu aniversário. Agora, estava no meio da floresta – sendo que ele nunca havia sequer ultrapassado os limites de sua horta – fugindo de sua própria família.

Como explicar tudo aquilo? Ninguém o havia reconhecido e, aparentemente, ninguém conseguia entender o que ele dizia – seu pai até havia lhe dito para "parar de regougar".

Espere aí, regougar?

Foi então que ele entendeu. Correu para o riacho mais próximo e olhou para seu reflexo na água corrente.

Sua pelagem, que desde sempre fora cinza, estava alaranjada, quase que avermelhada. Suas orelhas ainda eram compridas, mas estavam diferentes, e no lugar daquela sua antiga carinha fofa de coelho havia um olhar de raposa feroz.

Ele não era mais um coelho; era uma raposa.

Não havia dúvidas quanto a isso, mas Davi não conseguia entender *como* isso havia acontecido. Tentou pensar para ver se achava alguma explicação, quando se lembrou de algo.

Mawéka.

Você, caro leitor, deve se lembrar de que, algumas páginas atrás, ele havia dito a esse estranho deus da floresta que não queria trabalhar na horta de seus pais a vida inteira, pois queria ser um explorador. Bem, Mawéka realmente havia atendido ao seu pedido, mas não da maneira que ele esperava.

E agora? Davi estava sozinho, sem casa, com um corpo diferente e num lugar desconhecido. Seria possível piorar?

Sem saber o que fazer, continuou andando por entre as árvores, tentando encontrar alguma solução. Já havia andado durante um bom tempo quando ouviu algo se mexer numa moita ao seu lado.

Apesar de ser uma raposa por fora, por dentro Davi ainda era um coelho. Portanto, seu primeiro instinto foi procurar algum lugar para se esconder e ficar à espreita. Entretanto, a curiosidade tomou conta dele e logo ele resolveu descobrir que tipo de criatura havia naquela moita.

Qual não foi a sua surpresa quando, ao se aproximar, encontrou um pequeno coelho branco de olhos vermelhos olhando para ele.

— Por favor, não me machuque! Eu tenho família e eles precisam de mim! Tenha piedade!

Davi estranhou. Observou melhor e percebeu que, na realidade, era uma coelha, e que ela devia ter mais ou menos a sua idade. Uma coelha estava com medo dele, que era outro coelho? Mas essa estranheza durou apenas alguns breves instantes, pois ele logo se lembrou de que, agora, era uma raposa.

— Eu não vou te matar, se é isso que você está pensando. — Depois de dizer isso, Davi lembrou que algum tempo antes sua família não conseguira entender o que ele havia dito. — Ah, deixa para lá. Você não consegue me entender.

Virou as costas para aquela coelha desconhecida e recomeçou a andar sem rumo pela floresta.

— Na verdade, eu consigo te entender, sim.

Davi deu meia volta e olhou espantado para a moita, que foi de onde veio aquela voz.

— Consegue mesmo? Você entende tudo o que eu digo, não me escuta fazer algum barulho esquisito ou algo do tipo?

A coelha branca, ainda desconfiada, apenas colocou a cabeça para fora de seu esconderijo a fim de olhar para Davi.

— Consigo entender cada palavra. Isso é muito estranho. — Analisou Davi de cima a baixo e encarou-o, ainda desconfiada. — Você não vai me matar mesmo? — Davi negou com a cabeça. — Por quê?

— Eu sei que isso vai parecer loucura, e talvez seja, mas eu não sou uma raposa. Eu sou um coelho, como você. Algo aconteceu e hoje, magicamente, eu acordei como raposa.

— Como é que é?

— Eu não sei como explicar. Na verdade, é uma longa história. Você já ouviu falar em um tal de Mawéka? Ele existe?

A desconhecida levantou as grandes orelhas.

— Claro que sim! Mawéka é o deus desta floresta, protetor de tudo e de todos. São poucos os que já o viram. — Olhou para os lados antes de continuar, em voz baixa. — *Ele* falou com você?

Davi encarou o chão.

— Eu... não sei. Eu acho que ele falou comigo em sonho, e depois transformou meu corpo de coelho em um de raposa... É possível?

— Lógico! Todos os animais sabem da existência de Mawéka e o quão bom e importante ele é para nós. Se ele realmente te transformou em uma raposa, deve haver alguma razão.

A coelha branca já não temia mais Davi; acreditava em suas palavras. Aproximou-se dele com um sorriso.

— Eu me chamo Amanda.

Davi retribuiu o gesto com outro sorriso.

— Eu me chamo Davi.

CAPÍTULO 3

Davi contou à Amanda sobre toda a sua família, sobre a horta, sobre suas ambições e sobre seu sonho com Mawéka. Eles andaram juntos pela floresta até o sol estar bem acima de suas cabeças. Então, quando seu estômago começou a roncar, ele perguntou se ela tinha algo para comer.

— Não — respondeu Amanda —, mas nós podemos conseguir.

— Como? Você conhece alguma horta por aqui?

Ela olhou surpresa para ele.

— Por acaso você sabe *alguma coisa* sobre viver na floresta?

Davi corou.

— Meus pais nunca me deixaram passar dos limites da casa ou da horta.

Eles pararam de andar e Amanda se aproximou dele. Davi soltou um longo suspiro.

— Eu sei que parece tolice: um coelho bobo e fracote que nunca sequer pisou dentro de uma floresta de verdade querer ser um explorador. Talvez meus pais tenham razão. Talvez eu deva passar o resto da minha vida na horta mesmo.

— Ei.

Com sua pata, Amanda levantou a cabeça de Davi, obrigando-o a encará-la.

— Davi, isso não é tolice, nem de longe. É um sonho seu, é quem você é. E você nunca deve desistir dos sonhos. Nunca.

Um esboço de um sorriso apareceu no rosto de Davi, e seus olhos brilharam de gratidão por aquelas palavras. Em resposta, Amanda também abriu um sorriso e começou a olhar e farejar ao seu redor.

— Então, vamos procurar por comida? — Ela apontou para a direita. — Algo me diz que deve haver algo para nós por ali.

Amanda começou a andar pela floresta, parando aqui e ali para cheirar alguma coisa, e Davi a seguiu. Finalmente, ela se virou para ele com um sorriso no rosto.

— Amoras!

Ela se embrenhou dentro de um arbusto. Pouco tempo depois, voltou com alguns ramos de amora na boca e os colocou à frente de Davi.

— Hoje demos sorte. Adoro amoras.

Dizendo isso, Amanda se sentou, pegou um dos ramos com suas patas e começou a devorar as frutas. Davi fez o mesmo e eles ficaram em silêncio durante algum tempo, até que todos os ramos foram depenados.

— Fazia tanto tempo que eu não comia amoras — disse Davi, lambendo suas patas. — Meus pais cultivam mais legumes e hortaliças, que é o que eu como quase todo dia.

— Sério? — Amanda olhou espantada para ele. — Sabe, não é sempre que acho frutas ou legumes. — Ela comeu a última amora. — Deve ser bom nunca ter que se preocupar em achar comida.

Davi a encarou, sem entender.

— Como assim?

— Seus pais têm uma horta, e você não precisa se preocupar com isso.

— Mas e a sua família?

Amanda suspirou.

— Eu não tenho família.

— Mas quando você me viu pela primeira vez e achou que eu fosse uma raposa de verdade, você disse que tinha família e que eles precisavam de você.

— Eu menti. Eu só disse isso pra você não me matar.

Davi ficou consternado. Sem coragem para olhar para Amanda nos olhos, abaixou a cabeça.

— Eu sinto muito.

— Não sinta. — Amanda piscou para espantar as lágrimas e deu um sorriso. — Já me acostumei a viver sozinha na floresta.

Davi levantou a cabeça.

— Você sempre viveu aqui sozinha?

— Não. Eu já tive família, se é isso que você quer dizer. — Ela encarou o chão por alguns instantes, e seu pensamento parecia estar muito longe dali. — Vamos andando? — Levantou-se e olhou ao redor. — Temos de achar um bom lugar para passarmos a noite antes do anoitecer.

Davi estremeceu. Ele havia se esquecido das tais feras que viviam na floresta que seus pais haviam mencionado.

— Não se preocupe — disse Amanda, percebendo sua expressão. — Em primeiro lugar, você não é mais um coelho, é uma raposa. Em segundo — ela deu um sorrisinho antes de falar —, você está comigo.

Ele se levantou e olhou para ela.

— Você sabe muito sobre essa floresta?

— Vivi aqui quase minha vida toda. Conheço cada canto dela. Ou quase. — Olhou para cima e analisou o céu. — Já está ficando um pouco tarde. O sol já está mais para o oeste.

Amanda entrou num arbusto e Davi a seguiu. Eles andaram por um bom tempo, até que ela parou de supetão e virou-se para ele, pedindo silêncio.

— Por aqui. — Sua voz saiu quase como um sussurro e Davi mal pôde ouvi-la.

Os dois estavam entre duas árvores, em silêncio, quando algo surgiu bem à frente deles.

Um lobo.

Ele olhava atentamente para todos os lados, tentando fazer o mínimo de barulho possível. Davi, ao observá-lo com mais atenção, percebeu que não era muito grande e que carregava alguma ave morta na boca.

— Como você conseguiu ouvi-lo chegando? — perguntou Davi, pois ele mesmo não havia percebido nada.

— Fica quieto! — sussurrou Amanda, arregalando os olhos.

O lobo farejou ao seu redor e, quando chegou muito perto do esconderijo dos dois, Davi prendeu a respiração. A ideia de que aquele animal à sua frente era um assassino e seria capaz de matá-los facilmente era muito assustadora.

A fera estava muito próxima deles agora, e seu focinho se mexia cada vez mais tentando descobrir de onde vinha o cheiro dos dois. Então, um uivo foi ouvido ao longe e o lobo virou a cabeça. Em seguida, ele próprio também uivou bem alto e correu para a origem do outro uivo, desistindo, assim, de capturar suas possíveis presas.

Logo que se certificaram de que a criatura realmente havia ido embora, Davi enfim pôde respirar normalmente. Ele nunca havia passado por nada parecido, e seu coração estava tão disparado que parecia que saltaria de seu peito a qualquer segundo.

— Essa foi por pouco – disse ele, ofegante.

Davi olhou para Amanda, que já havia se recuperado do susto e apontava para o lado oposto àquele que o lobo havia ido.

— Melhor irmos por ali.

Ele a seguiu por alguns instantes antes de perguntar novamente:

— Como você conseguiu ouvir aquele lobo chegando?

— Eu já te falei — ela não parou de andar enquanto respondia —, vivi aqui quase minha vida toda.

— Mas como você conseguiu? — Davi parou, obrigando-a a parar também. — Se não fosse por você, eu jamais teria percebido que não estávamos sozinhos.

— Depois de tanto tempo vivendo na floresta, você aprende alguma coisa, principalmente sendo um coelho. — Amanda se virou e se aproximou dele. — Qualquer barulho, pegada ou cheiro diferente já te coloca em um estado de alerta, e é bom estar preparado para tudo.

Ela fez menção de continuar andando, mas Davi nem se mexeu.

— Vamos? — Ela apontou para o céu. — Já está ficando tarde e ainda não achamos um bom lugar para passar a noite.

Uma ideia havia surgido na cabeça dele. Uma ideia, ao seu ver, brilhante.

— *Você* pode me ajudar!

Amanda olhou confusa para ele.

— Te ajudar? Mas eu já estou te ajudando. Te ajudei a procurar comida, a se esconder daquele lobo, e agora estou te ajudando a achar um abrigo.

Davi balançou a cabeça.

— Não, você *fez* essas coisas por mim. *Você* que achou aquelas amoras para nós, *você* que percebeu a presença do lobo e *você* que está procurando um abrigo agora. Entende?

Ela abriu a boca, mas nenhum som saiu.

— Eu quero que você me *ensine* essas coisas. Eu quero aprender a procurar comida e abrigo e a me proteger de outros animais. Do contrário, como vou ser um explorador?

— Mas você não quer voltar a ser um coelho? Nossa prioridade agora é descobrir como fazer isso.

— Mas talvez esse seja o caminho! Como eu disse ao Mawéka que queria ser um explorador, talvez a única maneira de eu voltar ao meu corpo seja fazendo isso!

Amanda ficou pensativa.

— É uma boa ideia, e acho que vale a pena tentar. Mas — ela sorriu —, de qualquer forma, a única coisa que ainda podemos fazer hoje é encontrar um lugar para passar a noite. Amanhã nos preocupamos com isso.

Como eles já estavam no crepúsculo, só restou a Davi concordar e segui-la.

Pouco depois chegaram a uma velha árvore, onde Amanda pediu a ele que esperasse e se embrenhou em suas grandes raízes. Quando reapareceu, fez sinal para que ele a seguisse.

Entre as raízes havia um espaço bem escondido e suficientemente grande para caber os dois. Atrapalhado, Davi se ajeitou no lugar ao lado de Amanda com seu novo corpo e suspirou.

— O que foi?

— Nada. — Ele olhou suas novas patas. — É que hoje é meu aniversário e jamais imaginei que seria desse jeito.

— Nem tudo acontece do jeito que esperamos. — Ela olhou para ele e abriu um pequeno sorriso. — Eu, por exemplo, jamais imaginei que um dia dormiria ao lado de uma raposa por livre e espontânea vontade.

Davi sorriu com a tentativa da amiga de animá-lo. Sim, depois daquele dia, ele já poderia chamá-la de amiga.

Sob a luz da lua, observou o rosto de Amanda e percebeu que algo a incomodava.

— Agora eu que te pergunto: o que foi?

— Lembra que eu te disse que já tive família? — Davi assentiu e Amanda prosseguiu. — Éramos formados pelo meu pai, minha mãe, minha irmã mais velha Alice e eu. Vivíamos como nômades aventureiros, sempre em busca de novidades. Eu adorava.

Ela deu uma pausa antes de continuar.

— Certa manhã, logo que acordamos, ouvimos um barulho estranho. Então meu pai disse para fazermos silêncio e foi verificar o que era. — Ela fechou os olhos. — Como ele estava demorando muito, minha mãe foi atrás dele, me deixando sozinha com Alice. Pouco depois a ouvimos gritar e ficamos muito assustadas, mas minha irmã criou coragem e disse que iria atrás deles. Eu implorei para ela não me deixar sozinha, mas ela não me ouviu e foi procurá-los.

Ela abriu os olhos, que brilhavam por conta das lágrimas.

— Eu fiquei horas esperando algum deles voltar. Como ninguém voltou, saí de meu esconderijo e me deparei com o pior cenário que eu veria em minha vida: uma raposa gigante dormia tranquilamente, e ao redor dela havia muito sangue. Logo ficou muito claro o que tinha acontecido e eu fugi dali o mais rápido que pude. Assim que me certifiquei de que estava longe o bastante, joguei-me no chão e comecei a chorar.

Amanda olhou para Davi, que estava espantado.

— Isso já faz um bom tempo — prosseguiu ela. — Desde então, vivo sozinha aqui nessa floresta, até encontrar você.

Uma lágrima escorreu pelo rosto peludo de Davi.

— Eu sinto muito, Amanda. Muito mesmo.

Ela não respondeu, apenas piscou para espantar o choro. Davi se aproximou dela e olhou para as estrelas que surgiam no céu através da "porta" do buraco. Ele sentiu que aquela seria a primeira de muitas noites que ele dormiria sob elas.

— A propósito — Amanda se virou para ele —, feliz aniversário.

CAPÍTULO 4

O dia seguinte amanheceu nublado, quase como se soubesse que seria difícil para dois coelhos que dormiam tranquilamente no meio da floresta.

Davi acordou e, antes de abrir seus olhos, pensou que tudo aquilo havia sido apenas um sonho. Um pesadelo, na verdade. Entretanto, assim que os abriu e viu que continuava no mesmo buraco entre raízes, percebeu que tudo havia sido real.

— Bom dia! — Amanda já estava de pé, e a maneira com que ela saltitava de um lado para o outro indicava que estava animada. — Pronto para começar seu treinamento?

— Bom dia. — Davi esfregou os olhos e se espreguiçou. — Tá animada, hein?

— É melhor do que estar desanimada ao enfrentar seus desafios, né?

— Ok, você tem razão. Mas — ele coçou a barriga — só consigo ficar realmente animado depois de ter acordado por completo.

— Pois aí está sua lição número um: jamais enrole antes de levantar. Pode ser que um predador esteja à sua espreita, e cada minuto pode fazer toda a diferença. Vamos, levante!

A contragosto, Davi deu um último bocejo, obedeceu e se levantou.

— Deixa eu adivinhar: vou ter que procurar meu próprio café da manhã?

— Olha só. — Amanda sorriu. — Tá esperto hoje.

Juntos, os dois saíram do buraco.

— Então, por onde eu começo? — perguntou Davi.

Amanda suspirou.

— Vamos começar pelo começo. Primeiro: apesar de estar com um corpo de raposa, você ainda é um coelho, então você é um herbívoro. Portanto, como você só vai comer frutas e outros vegetais, é importante que você não coma nenhum que não conhece, pois muitos podem ser venenosos. Você pode comer, por exemplo, morangos, framboesas e, claro, amoras.

— Certo.

— Se você não achar nada disso, talvez haja algo que possa te satisfazer, mas *jamais* coma algo que você não conhece. Pode ser fatal.

— Entendido.

— Acho que você já pode começar a procurar. Se tiver alguma dúvida, estarei aqui do seu lado.

Davi assentiu e começou a andar, inicialmente sem rumo. Aproximou-se de diversos arbustos e farejou, tentando ver se havia algo que ele pudesse comer. Depois de muito tempo e de muito farejar, sentiu um cheiro interessante em um deles e, assim que o atravessou, avistou alguns morangos.

— Eu consegui!

Ele se aproximou do pequeno pé de morangos e se virou para Amanda.

— Eu achei comida para gente!

Ela sorriu.

— Parabéns!

Davi colheu alguns dos frutos e Amanda fez o mesmo.

— E então? — perguntou ele, enquanto comiam. — Como me saí para uma primeira vez?

— Nada mal. Claro que eu teria achado bem mais rápido, mas você vai pegando o jeito.

Davi sorriu ainda com a boca cheia e Amanda riu.

— Termine de engolir antes, seu porquinho! — disse ela, em tom de brincadeira.

— Que eu saiba eu posso ser um coelho e até mesmo uma raposa, mas não um porco — respondeu ele.

Os dois riram e isso quebrou um pouco a tensão que toda aquela situação deixava no ar.

— E agora? — perguntou Davi após já estarem satisfeitos. — Qual a próxima etapa?

Amanda se pôs de pé.

— Agora você vai aprender a procurar rastros de outros animais.

Davi arregalou os olhos.

— Já? Mas não é perigoso? Eu acabei de aprender a procurar comida!

— É, e se você estivesse em um corpo de coelho eu diria que seria melhor esperar um pouco; mas esse seu corpo de raposa nos dá uma vantagem, então acredito que você já possa tentar.

Davi engoliu em seco.

— Tudo bem, então. Vou tentar.

Amanda deu um pulinho de alegria.

— Beleza! Então vem que eu vou te mostrar como se faz.

E assim eles passaram o dia. Amanda lhe contou tudo o que sabia sobre sons, pegadas, pelos, penas e qualquer outra coisa que poderia ser um vestígio ou sinal de outros animais, e, sempre que ficavam com fome, Davi era o responsável por achar comida.

Ao cair da tarde, Amanda lhe disse que deveriam encontrar um abrigo.

— Qualquer lugar bem escondido e seguro, mesmo que pequeno, servirá.

Davi passou a ter um olhar mais atento enquanto andavam, em busca de algum lugar assim. Não muito tempo depois, avistou um grosso tronco caído já coberto de musgo pelo tempo.

— Podemos cavar embaixo dele e passar a noite lá. O que acha?

Amanda pareceu pensativa.

— Não é algo que eu faria, pois o tempo que você leva cavando pode ser crucial em alguns casos. Mas — ela se abaixou e analisou o terreno abaixo de si —, como o chão aqui não é muito duro, acho que pode funcionar.

Juntos, então, eles cavaram até obterem um buraco com um tamanho suficiente para caber os dois.

— Como me saí em meu primeiro dia, treinadora?

Amanda sorriu.

— Nunca havia treinado alguém antes, então não tenho um parâmetro. Mas, a meu ver, você se saiu muito bem, pequeno gafanhoto.

— Caramba — ele sorriu —, já fui chamado de coelho, raposa, porco e agora também de gafanhoto! Qual será o próximo? Um papagaio?

E foi rindo que Davi e Amanda pegaram no sono.

CAPÍTULO 5

Ao final de três semanas, que foi o tempo que essa rotina se seguiu, é possível dizer que Davi já era um "quase explorador", pois já sabia procurar comida e achar um bom abrigo facilmente, além de ser capaz de reconhecer diversos vestígios de que outros animais haviam passado por determinado local.

As habilidades de Davi não foram as únicas coisas que melhoraram durante esse período – a amizade entre ele e Amanda também.

Os laços que ele havia criado com aquela coelha branca de olhos vermelhos ajudavam a amenizar a saudade que sentia de sua casa e de sua família. Desse modo, a cada dia que passava, os dois ficavam mais unidos, e nada podia separá-los. Contudo, quando estavam no início de sua quarta semana juntos, algo aconteceu.

Era um fim de tarde ensolarado, e nada de diferente havia ocorrido até então. Depois de muito caminharem, a fome se abateu sobre eles e Davi logo disse que procuraria algo para comerem.

— O que você está a fim de comer hoje, senhorita? — disse ele, em tom de brincadeira.

— Umas amoras cairiam bem, não acha?

— Pois então acharei amoras para nós agora mesmo.

Ele se pôs à frente dela, com visão e olfato bem atentos. Pouco depois, o familiar cheiro das frutinhas favoritas de sua amiga chegou ao seu nariz, e ele começou a segui-lo. Entretanto, quando estava quase as encontrando, outro aroma surgiu e se sobressaiu – um aroma bom, diferente, que Davi nunca havia sentido antes e que parecia muito apetitoso. Assim, resolveu ir atrás dele ao invés do das amoras.

— Davi, aonde você tá indo? — perguntou Amanda.

Ele não respondeu. Continuou focado apenas em encontrar a fonte daquele cheiro delicioso, e Amanda o seguiu.

Atravessou um arbusto e deu de cara com um rato. Um *rato*? Aquele cheiro vinha de um *rato*? Davi olhou confuso para o animal, e sua boca se encheu de saliva.

— Davi, o que você tá fazendo? — insistiu Amanda, estranhando o comportamento dele.

Ele não sabia. Mas aquele ratinho parecia simplesmente tão apetitoso que ele não conseguia mais se segurar...

O que se seguiu foi uma confusão de eventos para Davi, mas Amanda nunca mais se esqueceria daquele dia. Ele avançou com tudo para o rato, matou o pobre coitado e o comeu com algumas poucas abocanhadas. Depois, virou-se para ela, que o observava horrorizada.

Os olhos de Davi haviam perdido o brilho habitual. Devagar, ele começou a se aproximar da amiga, pois um cheiro ainda melhor emanava dela. Amanda começou a se afastar com cautela.

— Davi, sou eu! Sou eu, Amanda!

Mas a voz dela parecia um zumbido distante para ele, que continuou se aproximando. Preparou-se para dar o bote, e então...

— DAVI!

O grito assustado e desesperado de Amanda o "acordou" e ele pôde pensar com clareza novamente, logo se dando conta do que tinha acabado de acontecer. Num primeiro momento, olhou confuso ao redor de si, mas então virou-se espantado para ela e se afastou.

— Não chega perto de mim!

Ela olhou para ele, tentando entender a situação.

— Davi, o que aconteceu?

Ele se encolheu perto de uma árvore, olhando horrorizado para seus pés.

— Eu me tornei um monstro.

Amanda, com muito cuidado, tentou se aproximar.

— Não, não fala assim. Você não é um monstr...

— Não se aproxima de mim!

Ela não desistiu.

— Davi...

— SAI!

Ela obedeceu e se embrenhou para fora do arbusto. Ele se encolheu mais ainda e, depois de muito chorar amargamente, adormeceu.

Quando acordou, o céu estava escuro e cheio de estrelas. Mudou de posição para tentar dormir de novo, a fim de esquecer tudo aquilo que havia acontecido, quando ouviu uma voz familiar.

— Davi.

Ele se sentou e olhou ao seu redor. Estava sozinho.

— Davi.

De onde vinha aquela voz? Ele se levantou e se espreguiçou.

— Davi.

A voz não parava. Chamou pelo seu nome de novo e de novo, até que Davi resolveu segui-la.

Não havia andado muito quando encontrou o dono dela: um coelho malhado de todas as cores, com uma galhada abaixo das orelhas e um cajado em uma das patas dianteiras.

Davi se aproximou de Mawéka e se jogou diante dele, de joelhos.

— O que está acontecendo comigo? O que eu tenho que fazer?

Mawéka colocou sua pata livre na cabeça de Davi, que sentiu seu corpo todo estremecer.

— Acalme-se, você está no caminho certo. Encontrou Amanda e, graças a ela, agora você já sabe mais sobre essa floresta e tem consciência de seus perigos. — Ele tirou sua pata da cabeça de Davi. — Mas imagino que você sinta falta de sua família.

Davi suspirou.

— Sinto. Sinto muita falta.

— Pois bem, agora você terá que tomar uma decisão. — Ele levantou o queixo de Davi, obrigando-o a encará-lo. — Você prefere esquecer tudo o que aconteceu nessas três semanas e voltar para a horta de seus pais ou continuar sua jornada para ser um explorador?

Davi se levantou, olhou bem fundo nos olhos azuis de Mawéka e sentiu que eles o penetravam até seu âmago. Ele sentia muita saudade de sua família. Muita. Mas não podia simplesmente ignorar aquelas três semanas, ignorar seu sonho, ignorar todo o conhecimento e experiência que havia adquirido e, principalmente, ignorar Amanda.

— Eu não posso esquecer essas três semanas. Além disso, ser um explorador ainda é meu sonho. Mas não quero abandonar minha família e ainda quero voltar ao meu corpo de coelho.

Mawéka sorriu.

— Essa era a resposta que eu esperava.

Davi pareceu confuso.

— Então isso é possível? Quero dizer, eu posso me tornar um explorador, não ter que abandonar minha família e ainda voltar à minha forma normal?

— Pode, mas será mais difícil. Ser uma raposa exploradora é muito mais fácil do que ser um coelho explorador. Ainda está disposto?

Davi respirou fundo.

— Estou.

— Admiro sua determinação. Entretanto, é preciso que ajamos logo, ou você se tornará uma raposa para sempre e não haverá nada que nem eu possa fazer. — Seu rosto estava muito sério. — O que aconteceu há algumas horas é um sinal de que estamos correndo contra o tempo. Você só tem mais uma semana.

— Uma semana? Uma semana para fazer o quê?

Mawéka levou alguns instantes antes de responder.

— A verdade é que você já tem tudo para ser um explorador, só precisa praticar um pouco mais. Mas com isso Amanda pode te ajudar. A única coisa que realmente falta é você se acertar com sua família.

— Como? Meus pais deixaram bem claro que jamais me deixariam seguir meu sonho.

— É isso que você vai ter que descobrir. Você tem uma semana para ir até a sua casa conversar com eles.

Davi estava atordoado.

— Eu tenho que falar com eles em minha forma de *raposa*? Aí que eles não vão querer me escutar mesmo! — Ele se lembrou de seu último encontro com sua família. — Aliás, eles *literalmente* não vão me escutar, porque não vão entender uma palavra do que eu disser.

— Isso é um obstáculo que você deve enfrentar se realmente quiser se tornar um explorador. E não se preocupe, pois, dessa vez, eles vão conseguir entender tudo o que você disser.

— Certo. — Davi deu um suspiro de resignação. — Vou conversar com eles. Mas como vou saber o caminho de casa? Não faço ideia nem de onde estou.

— Não precisa se preocupar quanto a isso também. Você vai saber. Agora vá e faça o que deve ser feito.

Quando Davi estava prestes a se despedir, Mawéka o interrompeu:

— E leve Amanda com você.

Davi não entendeu o porquê, mas concordou.

— Eu só gostaria de fazer uma última pergunta, Sr. Mawéka. — Ele se sentia desconfortável por não saber como se dirigir ao deus de sua floresta. — Por que está me ajudando tanto?

— Um dia você vai entender. Agora você já pode acordar.

Dessa vez ele já esperava que Mawéka estivesse conversando com ele em sonho, então não ficou nem um pouco surpreso ao ouvir isso. Quando abriu os olhos, viu uma alvorada tão bonita que o encorajou a realizar sua missão: encontrar Amanda e ir com ela até a casa de seus pais.

Tentando usar as técnicas que a própria Amanda havia lhe ensinado, Davi saiu à procura de qualquer vestígio que a amiga pudesse ter deixado. Assim que atravessou o arbusto, viu pegadas de coelho que só poderiam ser dela. Analisou-as e constatou que não eram tão recentes, o que significava que ela já havia saído dali há algumas horas.

Seguiu-as até onde pôde, ou seja, até se confundirem com outras pegadas maiores. Analisou as novas marcas e percebeu que eram mais recentes do que as de Amanda – alguém a estava seguindo. Diante dessa nova informação, Davi resolveu apertar o passo.

Ele a avistou logo que chegou a uma clareira. Contudo, como ele temia, ela não estava sozinha. Estava encolhida na relva e, lentamente se aproximando dela, havia um lobo.

Davi sabia o que ele iria presenciar de camarote caso nada fizesse: a morte de Amanda. Então, respirou bem fundo (bem fundo mesmo) e partiu para cima daquela fera. Aproveitou-se de toda a força que a coragem lhe dava naquele momento e, claro, de seu corpo de raposa.

Sua sorte era que aquele lobo devia ser novo e não estava tão acostumado a brigar, pois ele mesmo nunca havia brigado antes e teria perdido muito mais feio. Entretanto, no meio da luta, o lobo ponderou que aquela coelha não valia tanto a pena assim e desistiu de caçá-la, indo embora em seguida.

Logo que se certificou de que a criatura estava longe, Amanda se apressou em ajudar Davi. Ele estava deitado no chão, com a respiração ofegante e cheio de ralados e mordidas do lobo.

— Você me salvou, Davi.

— Era o mínimo que eu podia fazer depois de toda a sua ajuda.

Amanda sorriu.

— Se não fosse por você, eu já estaria morta a uma hora dessas. Você foi tão corajoso quanto um leão.

— Uau, eu já fui chamado de coelho, raposa, porco, gafanhoto e agora também de leão. De quantos animais diferentes você pretende me chamar?

Eles riram e Davi gemeu com a leve dor que a contração da risada lhe causou.

— Agora nós precisamos nos preocupar com você — disse Amanda. — Acho que tem um riacho aqui perto onde podemos lavar seus machucados.

Com um pouco de dificuldade, ele a seguiu até o tal riacho, onde sentiu seu corpo todo arder ao jogarem água em seus ferimentos. Feito isso, Davi contou a ela sobre seu novo encontro com Mawéka e sobre sua nova tarefa.

— Então você precisa descobrir onde fica a sua casa, convencer seus pais em seu corpo de raposa de que você é você e ainda fazer com que eles aceitem que você realmente vai se tornar um explorador? — perguntou Amanda, espantada. — E tudo isso em uma semana?

— É, eu sei — respondeu Davi. — Mas se o Mawéka me disse para fazer isso, é o que eu vou fazer.

— Apesar de achar essa situação uma loucura, acredito que você esteja fazendo o certo. E eu vou junto com você.

Davi sorriu.

— Que bom que pensa assim, pois ele também me disse que você deveria vir comigo.

Amanda ficou intrigada.

— Ele te disse isso? — Davi fez que sim com a cabeça. — Que estranho.

— Bom, quando partimos? — perguntou ele.

— Logo que você estiver melhor, pois não temos tempo a perder.

Ela o guiou até uma árvore ali perto, onde eles permaneceram até pouco depois do meio-dia, quando Davi lhe disse que já havia descansado o suficiente e estava pronto para sua jornada.

— Tem certeza?

— Tenho — disse Davi, já se levantando. — Vamos.

Eles só haviam caminhado alguns metros quando Amanda parou de supetão. Davi se voltou para ela.

— O que foi?

Ela apontou para a copa das árvores. Lá, no galho mais alto, estava um pequeno pássaro que cantava sem parar.

— Que pássaro é esse?

— Você não conhece? — Amanda parecia espantada. — É um uirapuru. Eu nunca tinha visto um cantando antes.

— Uirapuru? Eu achei que esse animal nem existia, que fosse só uma lenda.

— Ele existe, mas é muito raro. Inclusive, mais raro do que ver um uirapuru é ver um uirapuru cantando. Eles só cantam durante 15 dias no ano. — Ela não desgrudou os olhos do pássaro nem por um segundo. — Eu já tinha visto um antes, mas essa é a primeira vez que ouço seu canto. Não é lindo?

— Lindo.

Enquanto os dois o admiravam, o uirapuru levantou voo e foi para um galho da árvore ao lado, sem parar de cantar.

De repente, uma ideia surgiu na mente de Davi.

— Eu acho que ele quer que o sigamos.

Amanda olhou para ele e, ao perceberem que a mesma ideia passava em suas cabeças, não pensaram duas vezes: começaram a seguir o pássaro, que foi voando de árvore em árvore.

CAPÍTULO 6

E assim se passaram seis dias. Eles seguiam o uirapuru desde o alvorecer até o crepúsculo, quando o próprio animal escolhia um galho bem confortável e se preparava para dormir.

No sétimo dia, os ferimentos de Davi já haviam sumido por completo. Pela manhã, ele olhou preocupado para Amanda.

— Será que estamos fazendo a coisa certa? Hoje é nosso último dia.

Eles obtiveram sua resposta ao avistarem os limites da horta poucas horas depois.

— Nós conseguimos! — disse Davi, extasiado.

Amanda olhou para o pássaro, que continuava cantando num dos galhos mais altos.

— Graças a ele. — Ela sorriu e gritou: — Muito obrigada!

O uirapuru emitiu um som feliz que parecia dizer "de nada!" e, em seguida, voou para longe.

— Nós viemos até aqui — Davi fixou seu olhar na pequena propriedade de sua família —, mas ainda falta uma grande parte do meu desafio, que é convencer meus pais de que eu sou eu e de que ainda quero ser um explorador.

Amanda ponderou sobre o assunto.

— Mesmo que eles não me conheçam — disse ela —, acho melhor eu tentar falar com eles antes, pois pelo menos sou uma coelha e talvez eles me escutem.

— Tudo bem — concordou Davi.

Ele se escondeu atrás de uma árvore e ela foi até lá. Logo que chegou, viu cada membro da família de Davi empenhado em sua tarefa. Aproximou-se um pouco mais e bateu à porta.

O coelho mais velho foi atendê-la.

— Posso ajudar?

Amanda engoliu em seco.

— O senhor é o pai do Davi?

Ao ouvir o nome de seu filho, a feição de Jorge mudou.

— Sim. Você sabe onde ele está?

— Sei. Posso entrar?

Jorge saiu da frente para que ela passasse, então chamou sua esposa e pediu a ela que fosse com eles para dentro da casa.

Quando entraram na sala de estar, Amanda e Miriam se sentaram no pequeno sofá alaranjado e o pai de Davi se sentou em sua poltrona vermelha.

— Querida — Jorge se dirigiu primeiro à esposa —, essa coelha disse que sabe onde Davi está.

A mãe de Davi olhou para a visitante e parecia que ia explodir de ansiedade.

— Você sabe onde está meu filho? Como ele está? Está bem?

Amanda colocou sua pata sobre a dela.

— Calma. Eu sei onde o Davi está e ele está bem, não se preocupe. Mas vocês precisam ouvir o que tenho a dizer primeiro.

Assim, contou a eles tudo o que Davi havia lhe dito – sobre seu encontro com Mawéka e sobre sua transformação –, sobre como se conheceram e sobre tudo o que ela própria o havia ensinado. Ao final de sua fala, ela não sabia dizer quem estava mais confuso. Jorge foi o primeiro a se pronunciar:

— Isso é uma piada?

Amanda olhou espantada para ele.

— *Piada?* Eu jamais brincaria com uma coisa dessas, muito menos com o nome de Mawéka.

Ele deu de ombros.

— Achei que Mawéka fosse só uma lenda.

Ela se virou para Miriam, que continuava quieta.

— A senhora acredita em mim, não acredita?

— Querida — ela tentava falar da maneira mais doce possível —, eu só quero saber onde está meu filho. Você sabe?

— Já disse que sei, mas preciso que vocês acreditem em mim antes.

Jorge se levantou.

— Acreditar em você? Mas tudo o que você disse não pode ser real. Se você não sabe onde está meu Davi, já pode ir embora.

Agora Amanda tinha se irritado.

— Eu *estou* falando a verdade! E eu posso provar!

Os pais de Davi a encararam e ela se levantou.

— Seu filho está lá fora, esperando por vocês. Mas ele ainda está em seu corpo de raposa.

Jorge estava estarrecido.

— Miriam, você está vendo isso? Essa estranha quer trazer um predador para dentro da nossa casa! Você não vai nos enganar, garota. Saia daqui.

A mãe de Davi não sabia o que dizer. Claramente não acreditava em Amanda, mas estava disposta a fazer qualquer coisa para ter seu filho de volta.

— Se vocês não confiarem em mim e não me deixarem trazer aquela raposa para dentro da casa de vocês, jamais verão Davi outra vez. — Amanda alternava seu olhar entre Jorge e Miriam. — Caso ele não consiga conversar com vocês ainda hoje, amanhã será tarde demais, e ele terá se tornado uma raposa para sempre. Querem que isso aconteça?

O pai de Davi abriu a boca para falar, mas Miriam, movida por um ímpeto súbito, o interrompeu.

— Traga-o para cá agora.

Amanda sorriu e correu para fora da casa. Ela encontrou seu amigo no mesmo lugar em que o havia deixado.

— E aí? — Davi estava ansioso pela resposta. — Como foi?

— Eles te deixaram entrar. Agora é com você.

Ele sorriu em agradecimento e correu para sua casa com Amanda logo atrás.

Quando chegou à porta da frente, hesitou por alguns segundos. Então, respirou fundo e a abriu.

Seus pais estavam na sala de estar exatamente como Amanda os tinha deixado, com a diferença de que Jorge agora segurava um facão em uma das mãos caso a raposa não fosse realmente seu filho e quisesse atacá-los.

— Mãe? Pai? Sou eu.

Apesar de seu corpo estar completamente diferente, sua voz não havia mudado, e o brilho dos olhos dele deu a Miriam a certeza que ela precisava para acreditar nas palavras de Amanda e correr ao encontro dele.

— Ah, meu filho! Meu Davi! Que bom que você está bem!

Seu rosto estava cheio de lágrimas de emoção, e Davi a abraçou bem forte.

— Senti tanta saudade, mãe.

Ao ver essa cena, Jorge deixou sua desconfiança de lado, jogou seu facão no chão e se juntou a eles num abraço coletivo.

— Você fez muita falta, meu garoto.

Eles permaneceram abraçados por alguns longos minutos. Então, Davi se afastou com o semblante sério.

— Preciso conversar com vocês.

Como seus pais não quiseram se sentar, ele já começou a dizer o pequeno discurso que havia preparado.

— Esse mês que fiquei fora, apesar da grande saudade que senti de toda a minha família, foi maravilhoso, cheio de novas experiências e aprendizados. Encontrei a Amanda – ele apontou para a coelha de olhos vermelhos – no próprio dia do meu aniversário, e sem ela eu não teria sobrevivido nem uma semana. Compreendi que viver na floresta é muito mais complicado e perigoso do que imaginei, mas isso não me fez desistir de meu sonho. Não quero abandonar vocês e viver como um nômade, dedicando a vida somente à exploração, mas também não quero fazer algo que não me satisfaz pelo resto da minha vida.

Ele respirou para recuperar o fôlego e continuou:

— Eu ainda quero ser um explorador e jamais desistirei desse sonho, ainda mais agora que já tenho praticamente todo o treinamento necessário. Mas isso não significa que não posso ajudar vocês. Eu posso, só não será minha prioridade. Minha prioridade será estudar cada verdura, fruta e legume dessa horta, cada árvore e inseto ao redor da nossa propriedade e ainda fazer algumas pequenas excursões pela floresta com Amanda.

Seus pais ficaram quietos por alguns minutos que pareceram durar uma eternidade. Dessa vez, sua mãe foi a primeira a quebrar o silêncio.

— Eu acho que ele tem razão, Jorge.

Davi e Amanda estamparam no rosto um enorme sorriso, surpresos de que o pequeno discurso já os tivesse convencido, e seu pai pareceu bastante atordoado com a resposta de sua mãe.

— Como assim, Miriam? Nós sempre concordamos que todos os nossos filhos trabalhariam conosco na horta que mantemos de pé com tanto esforço porque seria a melhor e mais segura decisão.

— Eu sei, querido. Mas o que eu mais quero nessa vida é ver todos eles felizes. Quero ver o Davi feliz. E se isso significa deixá-lo ser um explorador, pois que seja — respondeu ela, voltando-se para seu filho. — Contanto que ele tenha consciência do que está fazendo e que não seja perigoso.

Davi imediatamente assentiu com a cabeça, e Jorge olhou pensativo para sua esposa.

— Você pode estar certa. Talvez devêssemos ter dado um pouco mais de liberdade aos nossos filhos nesse quesito. Mas gosto muito de trabalhar com eles na horta.

— Eu aposto que meus irmãos também adoram, pai — interveio Davi. — Ficar com vocês durante aquelas duas semanas antes do meu aniversário foi incrível, mas não é só o que quero para minha vida, entende?

Sua mãe assentiu com um sorriso, e seu pai o encarou com seus olhos azuis penetrantes.

— Agora eu compreendo, Davi. Ah, meu garoto, que saudade sentimos de você.

Assim, Davi e seus pais se abraçaram novamente enquanto Amanda assistia à cena, satisfeita.

Enquanto ainda estavam abraçados, o corpo de raposa de Davi começou a brilhar, e brilhar, e brilhar, até que seus pais tiveram que se afastar dele e não era mais possível sequer olhar para ele com os olhos abertos. Quando a claridade diminuiu, todos os presentes perceberam que diante deles não havia mais um predador – havia um coelho cinza com algumas poucas manchinhas, sorrindo para eles.

— Eu estou de volta! Eu sou eu de novo!

Amanda se aproximou dele.

— Mesmo depois de um mês te vendo todos os dias, essa é a primeira vez que descubro como você é de verdade.

Eles riram e Davi olhou para seus pais.

— Então vocês concordam mesmo? Vocês realmente me deixam seguir meu sonho e me tornar um explorador?

Miriam deu de ombros.

— Se isso vai te fazer feliz, meu filho, eu vou te apoiar. Aprendi essa lição hoje.

Jorge também fez que sim com a cabeça e a Davi só faltava explodir de tanta felicidade.

— Eu amo vocês!

Enquanto eles embarcavam num terceiro abraço coletivo, Amanda os interrompeu:

— Bom, eu acho que já vou indo porque não quero atrapalhar esse momento em família. Foi muito bom te conhecer, Davi.

Ela sorriu e se virou para ir embora, mas Davi a impediu.

— Espera um pouco, Amanda!

Ele pediu a ela que aguardasse na sala, pois queria conversar com seus pais em particular, na cozinha, onde contou a eles toda a história de sua amiga, como ela perdeu sua família e o ajudou quando ele mais precisava.

— Não há nada que possamos fazer por ela? — perguntou Davi, suplicante.

— Eu tenho uma ideia — disse sua mãe, e em seguida cochichou algo no ouvido de seu pai. Ele pensou um pouco, pareceu tentado a negar, mas acabou aceitando qualquer que tenha sido sua proposta.

— Davi — começou ela —, você acha que essa sua amiga aceitaria vir morar conosco? Ela pode dormir no quartinho que temos nos fundos da casa. Sabemos que ela está acostumada a viver na floresta e entenderemos totalmente se ela não quiser, mas, como ela foi tão importante para você e não tem família, é o mínimo que podemos fazer.

Isso foi uma grande surpresa para Davi. Ele jamais pensaria que seus pais seriam capazes de propor algo assim, e logo se jogou em volta do pescoço de sua mãe e, depois, do de seu pai.

— Muito obrigado, mãe! Muito obrigado, pai!

Eles sorriram e Davi voltou para a sala de estar, onde Amanda esperava pacientemente, curiosa em saber sobre o que eles tinham conversado.

— Amanda, vou ser bem direto: você quer morar aqui?

Ela abriu a boca para falar, mas ele continuou:

— Sei que você está acostumada a viver na floresta e tudo mais, mas eu e você ainda podemos fazer algumas excursões e você vai ganhar uma casa e uma família. Meus irmãos são muito legais, e minha mãe disse que você pode dormir no quartinho dos fundos. Por favor, pense com carinho nessa proposta. Seria muito legal ter você aqui.

Ela sorriu.

— Pensar com carinho em quê, Davi? Não preciso pensar. Eu adoraria viver com vocês e fazer excursões com você. Talvez eu também possa ajudar com algo na horta e o quartinho dos fundos está ótimo para mim. Mas tem certeza de que não vou atrapalhar?

Davi estava radiante.

— Tenho! Nem fui eu que tive essa ideia. — Ele riu. — Foi minha mãe e meu pai concordou.

Os pais de Davi voltaram para a sala, e Amanda estampou um sorriso tão grande para eles que só não posso dizer que foi de orelha a orelha pois ela é uma coelha.

— Muito obrigada! Muito obrigada!

Ela não se preocupou em se conter e foi abraçá-los. Miriam sorriu.

— Seja bem-vinda, querida.

Jorge também sorriu e não precisou dizer mais nada para mostrar como estava feliz, pois seu olhar já dizia tudo.

CAPÍTULO 7

Naquela noite, houve uma grande festa na casa de Davi. Todos comemoraram a volta do caçula e a chegada da nova integrante na família. Amanda logo gostou das irmãs de Davi, e o sentimento foi mútuo; em pouco tempo, já eram grandes amigas.

Davi se tornou o explorador que sempre sonhou, mas não deixou de ajudar na horta. Sobre seus irmãos, a maioria deles continuou trabalhando somente com seus pais, mas Daniela acabou se tornando a admirável artista que Davi sempre achou que ela fosse; Diogo se tornou um grande comediante; Diana se tornou uma cozinheira fantástica e Douglas mostrou ser um ótimo professor, surpreendendo a todos. E tudo isso graças a Davi, que batalhou pelo seu sonho e incentivou outros a fazerem o mesmo.

Amanda inicialmente dormia no quartinho dos fundos, mas o afeto que criou com todos logo a colocou no quarto das irmãs de Davi. Ajudava na horta, mas, assim como ele, também se tornou uma exploradora extraordinária, e a amizade entre os dois só se fortalecia a cada dia.

E foi assim que Davi, seus pais, seus irmãos e Amanda formaram uma nova família: mais unida, mais amorosa, mais carinhosa e mais feliz.

Contudo, apesar de ser um explorador ter sido o suficiente para preencher o coração e a felicidade dele por vários anos, Davi começou a sentir um vazio dentro de si logo que atingiu

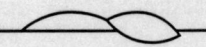

a maioridade. Adorava explorar tudo ao seu redor, claro; mas não era mais o bastante, e isso o incomodava muito.

Talvez fosse porque sua casa já estava bem mais vazia, uma vez que a grande maioria de seus irmãos já havia se casado. Dessa forma, onde antes viviam 16 coelhos, passaram a viver apenas cinco: Davi, seus pais, seu irmão Dênis e Amanda.

O aniversário de Amanda estava próximo, e seria quando ela também atingiria a maioridade. Enquanto pensava no que poderia dar de presente a ela, percebeu que sua amiga já não era mais aquela Amanda que ele havia conhecido no meio da floresta – estava diferente, mais crescida e mais madura.

Seus pais até chegaram a questioná-lo sobre isso.

— Davi — sua mãe se aproximou dele certa noite, num momento em que estavam à sós —, o que você acha da Amanda?

Davi estranhou.

— Bom, ela é inteligente, determinada, uma ótima exploradora e uma ótima amiga.

— E você gosta muito dela, né?

— Muito. Você sabe disso.

— Mas você gostaria que ela fosse mais do que só sua amiga?

— Ela já é mais do que só minha amiga. — Ele sorriu. — Ela é como uma irmã para mim.

Miriam balançou a cabeça.

— Não, querido, eu quis dizer em outro sentido.

Davi a olhou, inquisitivo, e ela suspirou.

— Davi, você já pensou em vocês como um... casal?

Ele arregalou os olhos.

— Mãe, eu gosto muito da Amanda. Muito mesmo. Mas não desse jeito.

Davi sabia que toda a sua família torcia para que ele e Amanda ficassem juntos. Ele mesmo achou que, algum dia, isso iria acontecer.

Entretanto, depois que cresceu, ele percebeu que não conseguia vê-la sendo mais do que apenas sua melhor amiga.

Davi também não achava que Amanda conseguia vê-lo daquela maneira. Mas, mesmo se ela conseguisse, a verdade é que ele estava interessado em outra coelha, cujo nome era Catarina. Ela tinha mais ou menos a idade de Davi e vivia com os pais numa casa próxima à dele, apenas alguns metros à frente, para a qual havia se mudado recentemente.

Eles já se conheciam de vista, mas desde o dia em que ficaram presos em um abrigo jogando conversa fora enquanto esperavam uma forte chuva passar, Davi não conseguira mais tirá-la da cabeça. Achava que Catarina era a coelha mais cativante e mais linda do mundo. A pelagem dela era um mesclado de preto com branco e seus olhos eram tão verdes que pareciam ter um brilho próprio quando comparados ao resto de seu corpo.

Davi queria conhecer melhor Catarina, sonhava com o dia em que isso aconteceria. Então, certa manhã, acordou com alguém que não via há um bom tempo parado ao pé de sua cama.

— Bom dia — cumprimentou Mawéka, sorrindo.

Davi ficou sem reação, apenas olhando para a criatura à sua frente.

— Mawéka? É você mesmo?

O deus assentiu.

— Claro, meu jovem. Não vai me dizer que se esqueceu de mim?

Davi se sentou na cama.

— Não, claro que não. Jamais seria capaz de te esquecer.

Eles ficaram se olhando durante alguns segundos.

— O senhor se importa se eu lhe perguntar o que está fazendo aqui? Por que voltou depois de tanto tempo? — Davi pensou um pouco. — E o senhor sempre me visita em sonho, não é? Eu estou sonhando agora?

Mawéka levantou sua pata livre, aquela que não segurava o cajado.

— Acalme-se, são muitas perguntas. Primeiro: sim, isto aqui é um sonho. Segundo: eu voltei, pois senti que você precisava de mim novamente. — Ele se aproximou. — Então, diga-me, Davi, o que tanto o aflige?

Davi olhou para o deus de sua floresta e depois abaixou a cabeça.

— O senhor já deve saber disso. Tem uma coelha, Catarina, que mora aqui perto e eu gostaria muito de me aproximar dela. É a primeira vez que sinto algo assim. Sinto que ela é especial, mas tenho muita vergonha e também não sei se meus pais aprovariam.

Mawéka se aproximou de Davi e, gentilmente, colocou sua pata sobre o ombro dele.

— Por que seus pais não aprovariam?

Davi suspirou.

— Todo mundo na minha família acha que eu e Amanda deveríamos ficar juntos, mas ela é como uma irmã para mim. Não consigo vê-la de outra maneira.

Mawéka, muito calmamente, refletiu.

— Entendo. Bem, se isso é o que você quer, faça. Quanto aos seus pais, acredito que eles não vão achar ruim caso você se aproxime de Catarina. Agora, quanto à sua vergonha, isso é algo que você precisa vencer. — Com o rosto sério, ele encarou Davi, que sentiu seu corpo todo estremecer. — Assim que acordar, crie uma oportunidade para visitar Catarina.

Davi abriu a boca para falar, mas Mawéka o interrompeu.

— Quer uma dica? Daqui a um mês é aniversário da Amanda. — Ele piscou com um dos olhos e baixou a voz. — Você é criativo. Aposto que consegue pensar em algo.

Em seguida, Davi acordou. Passou a manhã toda pensando em algo que servisse como uma oportunidade para que ele pudesse visitar Catarina e, também, em como criar coragem suficiente para fazer isso. Assim, logo depois do almoço, aproximou-se de seus pais e pigarreou para chamar a atenção deles.

— Mãe, pai, vocês se lembram da Catarina?

Miriam pensou um pouco.

— Aquela coelha mesclada que se mudou para cá faz pouco tempo? Foi com ela que você ficou preso num abrigo naquele dia que choveu muito, não foi?

— Foi, sim. Bom, como vocês já sabem, daqui a um mês é aniversário da Amanda, só que eu estou sem ideias sobre o que dar de presente para ela. Então eu pensei... pensei em pedir ajuda para a Catarina.

Seu pai logo se manifestou.

— Mas, filho, você ainda tem tempo para pensar nisso. Um mês é bastante coisa.

— Eu sei, pai. Mas é que, como ela vai atingir a maioridade, preciso pensar em algo muito especial. Tenho medo de deixar para a última hora.

Jorge deu de ombros.

— Bom, por mim tudo bem, então. Mas por que você quer falar sobre isso com essa tal de Catarina? Você mal a conhece.

Davi hesitou.

— Ah, ela tem quase a mesma idade da Amanda e é uma menina, então talvez ela tenha alguma dica boa, sabe?

Sua mãe o encarou por cima de seus óculos de leitura, e Davi engoliu em seco. Ela sabia que ele não queria visitar Catarina só para pedir ajuda com um presente.

Jorge, por outro lado, estava completamente distraído.

— Certo. Pode falar com ela, Davi.

Davi olhou para sua mãe buscando algum outro sinal de aprovação. Ela sorriu.

— Claro que você pode ir, querido. Talvez ela realmente tenha uma ótima ideia para te dar. — Miriam piscou com um dos olhos ao dizer isso e Davi retribuiu com um sorriso.

CAPÍTULO 8

A nova casa da família de Catarina era grande e luxuosa, apesar de ela morar ali somente com seus pais por ser filha única. Davi se aproximou com o coração disparado pelo nervosismo e bateu à porta.

Uma coelha branca a abriu. A princípio Davi não a reconheceu, mas logo os olhos verdes lhe disseram que era a mãe de Catarina.

— Posso ajudar?

Davi respirou fundo, tentando não gaguejar, mas sem muito sucesso.

— Oi. Eu... eu gostaria de falar com a... Catarina. Ela... ela está?

— Está no andar de cima. Sou a mãe dela. Quem é você?

— Meu nome é Davi. Conheci sua filha há um tempo num dia muito chuvoso quando ficamos presos num abrigo e ficamos conversando para passar o tempo. Eu... eu moro aqui perto. Minha família é dona de uma horta.

A coelha abriu um sorriso.

— É sua família que cuida daquela horta perto daquele riacho? — Ele afirmou com a cabeça. — Eu adoro os legumes de lá! Prazer, eu me chamo Paula.

Ela se afastou da porta para que Davi pudesse entrar, e uma grande sala de estar com vários sofás e poltronas se estendeu à frente dele. Algumas caixas de papelão ainda estavam espalhadas pelo cômodo e, ao lado de uma das paredes, numa cadeira de balanço, um coelho preto dormia tranquilamente.

— Aquele é Heitor, meu marido e pai de Catarina — cochichou Paula para Davi. — Por favor, suba as escadas em silêncio para não o acordar.

Davi obedeceu e a seguiu para o andar de cima, onde havia um corredor com muitas portas. Na segunda à direita, ela bateu.

— Querida? Você está aí?

Uma voz abafada respondeu.

— Sim, mãe! O que foi?

— Tem um coelho aqui querendo falar com você. Um tal de Davi.

— Ah, eu sei quem é! Pode deixá-lo entrar, mãe. Obrigada.

Foi então que o coração de Davi praticamente saltou pela boca. *Ela se lembra de mim*, foi o que ele pensou.

Paula abriu a porta com cuidado e Davi entrou. O quarto de Catarina não era tão luxuoso quanto o resto da casa, mas com certeza era aconchegante. Tudo já estava muito bem organizado, e as paredes beges e as grandes janelas davam um ar claro ao ambiente. Havia uma estante cheia de livros ao lado de uma escrivaninha, e Catarina estava sentada na cama com um livro de capa verde aberto no colo.

Davi olhou para ela, hipnotizado. Como sua mãe era uma coelha branca, e seu pai um coelho preto, a pelagem dela tornou-se um mesclado de branco com preto que, combinado aos seus olhos verdes, a fazia ser uma coelha muito linda.

Ela fechou o livro e encarou Davi. *O que será que ela está pensando?* Ele se desesperou. *Será que eu fiz algo que não devia? Será que há algo de errado com a minha aparência?*

— Oi.

A voz dela trouxe Davi de volta à realidade. Ele abriu a boca para falar, mas nenhum som saiu.

— Tudo bem?

— Tudo — finalmente a voz dele voltou, ainda que um pouco rouca. — E com você?

— Tudo bem também.

Eles ficaram quietos durante um minuto constrangedor. Davi foi o primeiro a quebrar o silêncio.

— Bom, eu preciso de ajuda com uma coisa e já pedi para todos lá em casa, mas ninguém soube me ajudar. Aí eu lembrei daquele dia em que nos conhecemos e de como você foi legal comigo, então, como eu moro a só alguns metros daqui, pensei em ver se você conseguiria me ajudar e aproveitar para te fazer uma visita.

Catarina sorriu e colocou o livro sobre a mesa de cabeceira.

— Claro. Que bom que você veio me visitar. Adoro fazer novos amigos. Espero que eu possa te ajudar. O que foi?

— Eu tenho uma amiga, Amanda, que faz aniversário mês que vem. Como ela vai atingir a maioridade, tenho que dar a ela algo especial, mas não faço ideia do que poderia ser.

Ela pensou por um tempo.

— Me fala um pouco sobre ela.

— Ela é uma exploradora. Na verdade, nós trabalhamos juntos. — Ele sorriu, orgulhoso. — Eu também sou um explorador.

— Sério? — Catarina se virou para Davi com os olhos brilhando. — Que demais! Você já deve ter conhecido essa floresta inteirinha!

— Ah, já conheci muitos lugares, mas não conheço a floresta toda. — Ele olhou pela janela, sonhador. — Ainda.

O sorriso de Catarina murchou um pouquinho.

— Meus pais quase nunca me deixam sair de casa, então, se saio, não vou muito longe. Conhecer lugares novos como parte de seu trabalho deve ser incrível.

Davi tirou os olhos da janela.

— Seus pais não te deixam sair de casa? Por quê?

— Eles têm medo.

— Medo?

Catarina olhou pela janela e suspirou.

— Se você é um explorador, sabe o que existe lá fora. — Ela fez uma pausa e se voltou para ele novamente. — Predadores.

Davi ficou quieto, pensativo, e Catarina fez sinal para que ele se aproximasse.

— A verdade — murmurou ela — é que meu pai já foi atacado por um predador. Foi há muito tempo, antes mesmo de ele conhecer minha mãe, mas isso ainda mexe com ele. Acho que, se eu tivesse sido atacada, também ficaria assim. Por isso não discuto quando meus pais dizem que não posso ir a tal lugar, pois acho que eles têm razão e só querem o meu bem. — Ela voltou a falar normalmente. — Mas isso não significa que eu não *queira* sair.

Eles ficaram em silêncio, perdidos em seus próprios pensamentos. Então, Davi decidiu aliviar o clima mudando de assunto.

— Você já leu todos esses livros?

— Quase todos. Adoro ler.

— Uau.

Catarina abaixou a cabeça.

— Você deve pensar que eu sou uma coelha que não faz nada além de enfiar o nariz nos livros.

Davi se aproximou da cama dela.

— Claro que não. Eu já viajei por essa floresta, mas você já viajou para muitos outros lugares que eu nunca fui.

Ela o encarou, confusa.

— Sério? Quais?

Ele apontou para a estante ao lado da cama. Ela riu.

— Estou falando sério! Olha aqui, você já deu a volta ao mundo, já foi para o centro da Terra e até para a lua![1]

Catarina deu outra risadinha e os olhares dos dois se encontraram.

— Eu acho que é por isso que eu leio tanto, sabia? Já que eu não posso viajar de verdade, pelo menos viajo com a minha imaginação.

— Qual que é o seu maior sonho? — perguntou Davi abruptamente. — É esse? Viajar?

---

[1] *A Volta ao Mundo em 80 dias, Viagem ao Centro da Terra* e *Da Terra à Lua* são livros escritos pelo autor francês Júlio Verne (1828-1905).

Catarina pensou um pouco e sua resposta o surpreendeu.

— Não. Com certeza esse é um dos meus sonhos, e um dos grandes. Mas não é o maior deles.

Davi esperou que ela continuasse, mas Catarina ficou quieta.

— E qual é, então? — ele perguntou. — Você não vai me deixar na curiosidade, né?

Ela deu uma risadinha.

— Promete que não vai rir?

— Prometo.

— Tudo bem. — Ela respirou fundo. — Eu queria ser escritora.

Davi estranhou.

— Por que eu riria disso?

— Ah, sei lá. Talvez você pudesse pensar que isso é simplesmente impossível de acontecer. — Catarina olhou para ele, que parecia pensativo. — Ou então, como eu coloquei essa ideia na sua cabeça, *agora* você está pensando nisso.

Ele balançou a cabeça.

— Não é nada disso. Só estou lembrando que a mesma coisa já aconteceu comigo. Eu nem sempre fui um explorador, sabe? Antes, meus pais queriam que eu só trabalhasse com eles na horta lá de casa. — Catarina arregalou os olhos, e Davi continuou: — Por isso acredito que qualquer um pode seguir seus sonhos. Eu, por exemplo, pensei que jamais seria capaz de atingir o meu, mas eu consegui.

— Como?

Davi hesitou, pensando no que devia dizer.

— Agora é minha vez de te perguntar: promete que não vai rir?

— Prometo.

Então, Davi contou a ela como conheceu Mawéka, foi transformado em raposa, encontrou Amanda e passou um mês fora de casa. Não mencionou certos detalhes, como o fato de ter devorado um rato na época ou de ter recebido outra visita dele recentemente, mas são apenas detalhes, certo?

— E foi assim que, depois de conversar com meus pais, me tornei um explorador.

— E eles aceitaram numa boa?

— A princípio, não. Mas depois Amanda também conversou com eles e, juntos, os convencemos. — Davi deu uma risadinha. — Inclusive, sem que eu soubesse, acabei ajudando outros irmãos meus que, assim como eu, não queriam trabalhar só na horta a vida toda.

— Essa Amanda que mora com você é muito sua amiga?

— Muito. — Ele sorriu, mas logo se apressou em dizer: — Ela é como uma irmã para mim.

— Ela parece ser muito legal, mesmo. Preciso conhecê-la, então. Assim talvez eu possa te dar uma opinião melhor sobre o que dar de presente a ela.

Davi já tinha se esquecido completamente do assunto que, tecnicamente, o havia levado até ali.

— Parece ser uma boa ideia. Podíamos marcar um almoço. O que acha de vir à minha casa no próximo domingo? — As palavras saltaram de sua boca antes que ele pudesse sequer pensar sobre o assunto. — É aquela que tem uma horta e fica perto do riacho.

— Vou falar com meus pais, mas eu adoraria. — Catarina sorriu e se levantou da cama. — Então, se eles deixarem, até lá.

— Até.

Ela o acompanhou até a porta, onde trocaram mais uma despedida. Quando Davi já estava quase em casa e Catarina já estava em seu quarto novamente, ambos só conseguiam pensar um no outro.

CAPÍTULO 9

A hora do almoço se aproximava e Davi achava que ia ter um ataque cardíaco a qualquer segundo. Ele corria de um lado para outro vendo se tudo ia conforme o planejado, até que sua mãe o interrompeu quando ele ia verificar pela décima terceira vez se os quadros estavam no lugar e lhe disse para se acalmar.

— Davi, calma. Vai dar tudo certo. — Ela respirou fundo, fazendo sinal para que ele a imitasse.

— Davi! — gritou seu irmão Dênis. — Ela chegou! Quer abrir a porta?

Davi já estava com a pata na maçaneta da porta da frente.

— Oi.

— Oi.

Ele se afastou para que Catarina pudesse entrar, mas sem desgrudar os olhos dela.

— Você está muito bonita — disse Davi depois de um tempo.

— Obrigada — agradeceu Catarina, corando.

— Olha a cara de bobo dele — cochichou Amanda para Dênis.

— Todo mundo fica com cara de bobo quando está apaixonado, Amanda. — Ele a encarou com um sorrisinho, mas ela não estava olhando para ele.

— Você acha que ele está apaixonado por ela?

— Claro. É só olhar para o jeito como ele olha para ela. Você já o viu olhar para qualquer outro coelho desse jeito?

Amanda não respondeu. Apenas dirigiu um olhar enviesado para Dênis quando Catarina se aproximou deles.

— Presumo que você seja a famosa Amanda — disse Catarina, sorrindo. — Prazer em conhecê-la. Davi falou muito sobre você.

— Prazer. — Amanda tentou dar seu melhor sorriso, mas ele saiu um pouco amarelo. — Davi também falou muito sobre você.

Amanda pediu licença e foi para a cozinha ajudar Miriam a arrumar a mesa. Catarina se virou para Dênis.

— E você é...?

— Dênis. Sou irmão do Davi. Muito prazer.

— Prazer.

— Seja bem-vinda — cumprimentou Jorge, aproximando-se. — Eu sou Jorge, pai do Davi.

— Muito obrigada. Prazer em conhecê-lo.

Jorge se afastou e Catarina começou a andar perto de uma estante, onde havia vários retratos da família de Davi, e apontou para aquele que estava bem no centro.

— Você tem uma família grande. Esses são todos os seus irmãos?

— Sim. Tiramos essa foto assim que Amanda veio morar com a gente. — Davi se aproximou dela. — Pouco tempo depois, meu irmão mais velho, Daniel, se casou. Então, essa é a foto mais recente que temos da família toda reunida.

— Você disse que quase toda a sua família trabalha na horta, certo? — perguntou Catarina. — Mas e seus irmãos que já se casaram? Eles também trabalham lá?

— Trabalham, só que não o dia todo e, quando terminam, vão para as novas casas deles. Sabia que eu já sou tio?

— E eu já sou avó! — completou Miriam ao voltar da cozinha. — Ah, meus netinhos são tão lindos e tão fofos!

Todos riram.

— Enfim, vamos almoçar? — indagou Miriam, esfregando uma pata na outra. — Ou vão deixar aquela comida deliciosa esfriar?

A comida preparada pela mãe de Davi realmente estava uma delícia. Todos comeram com gosto e, ao final da refeição, Catarina agradeceu.

— Não há de quê, querida — disse Miriam, levantando-se para recolher os pratos. — Amiga do meu filho também é amiga minha.

Davi se virou para Catarina.

— Já que eu já conheço o seu quarto, quer conhecer o meu?

Ela sorriu.

— Claro.

Eles deixaram a cozinha enquanto Jorge e Miriam lavavam a louça e Amanda e Dênis voltavam para a horta.

— Tecnicamente, esse quarto não é só meu — disse Davi quando abriu a porta do quarto e saiu da frente para que Catarina pudesse entrar. — Antes eu dormia aqui com todos os meus outros irmãos, mas agora ele é só meu e do Dênis. A Amanda dorme no quarto do lado, que era o das minhas irmãs.

Ele apontou para os armários e escrivaninhas que estavam entre as duas camas.

— Então — continuou Davi —, substituímos todos os beliches por isso, onde eu e Amanda trabalhamos. Como o Dênis é cartunista e trabalha sozinho, as coisas dele ficam no outro quarto, que é um pouquinho menor.

— Seu irmão é cartunista?

— Sim, e dos bons. Quer ver as últimas tirinhas que ele fez?

Davi saiu do quarto, voltou um minuto depois com alguns papéis grampeados e os entregou para Catarina.

— Ele ainda não terminou de pintar, mas a história já está completa.

Os dois se sentaram na cama de Davi enquanto Catarina lia. Assim que ela terminou, levantou os olhos para ele.

— Caramba.

— Ele é bom, não é? — Davi sorriu, sem jeito. — Eu sei que ele é meu irmão, mas eu realmente acho que ele é muito bom.

— Mas você está certo. Ele conseguiu escrever uma história envolvente e ainda desenhar muito bem.

De repente, o olhar de Catarina ficou distante. Em seguida, ela se levantou e foi para perto da janela. Devagar, Davi foi atrás dela.

— O que foi?

Catarina se virou para ele.

— Nada. Não é nada.

— Se não fosse nada, você não estaria assim. — Ele se aproximou um pouco mais. — Vamos, pode me contar.

Ela encarou o chão.

— Será que algum dia eu também vou conseguir escrever histórias como essa?

— Mas você não quer ser cartunista, né? Você quer ser escritora.

— Eu sei — Catarina levantou os olhos para ele —, mas será que algum dia eu vou conseguir escrever histórias boas assim que outros coelhos também gostem?

— Claro que vai. Eu sei que vai.

Davi se aproximou.

— Será que é isso que eu devo fazer para a minha vida?

— Você vai descobrir. E, se não for, você ainda tem tempo para descobrir. Vai dar tudo certo, você vai ver.

Davi a abraçou e Catarina suspirou.

— Obrigada.

Os dois ficaram assim por um tempinho, até que alguém bateu à porta e eles se separaram bruscamente.

— Alguém quer umas frutas? — perguntou Miriam, segurando uma bandeja de madeira. — Trouxe morangos e amoras.

Davi e Catarina agradeceram, envergonhados, e Miriam colocou a bandeja sobre a cama.

— Não se preocupem, vou deixar vocês à vontade de novo.

Os dois sorriram, sem jeito, e Miriam saiu. Catarina pegou um morango.

— Acho melhor eu ir embora.

Davi pegou uma amora e a encarou.

— Por quê?

Ela não respondeu e se preparou para sair. Davi se apressou e se colocou entre ela e a porta.

— Cat, o que foi?

Ela piscou e respirou fundo.

— Davi, me dá licença, por favor.

Ela tentou passar, mas ele a impediu.

— O que tá acontecendo, Catarina?

Os olhares dos dois se encontraram. Os olhos verdes dela e os olhos negros de Davi ficaram estagnados, sem conseguir desviar.

Ela começou a se aproximar, e ele fez o mesmo. Quando seus rostos estavam a pouquíssimos centímetros um do outro, os corações acelerados, a porta abriu mais uma vez. Só que, dessa vez, não era Miriam.

Amanda ficou parada na soleira, sem reação, apenas observando a cena à sua frente. Dênis estava logo atrás dela.

Catarina se separou abruptamente de novo de Davi e olhou ao seu redor, avaliando a situação.

— Acho melhor eu ir. — Uma Catarina corada passou por três coelhos surpresos e se virou uma última vez para Davi. — Obrigada. Até mais.

Assim que ela saiu, Davi começou a andar de um lado para o outro do quarto, sem saber o que fazer. Então, voltou-se para Amanda.

— Por quê?

Ela olhou para Davi e depois para Dênis, sem entender.

— Por que o quê?

Davi se aproximou dela com uma expressão estranha.

— Por que você fez isso?

— Isso o quê?

— Isso! — Ele balançou as patas freneticamente. — Por que você veio aqui? Por que você abriu a porta sem bater?

Amanda não sabia o que dizer. Davi havia se alterado de uma hora para a outra e de um jeito que ela nunca havia visto antes.

— Por quê? Me fala! — Àquela altura ele já estava gritando. — Você viu o que você fez?

Dênis apenas observava a situação, deslocado. Amanda tentou manter a calma.

— Davi, eu só vim perguntar se ela gostaria de conhecer a horta. Pensei que você fosse gostar da ideia.

— Não! Eu não gostei nem um pouco da ideia! — Ele balançou a cabeça muitas vezes. — E você devia ter batido! Devia, devia, devia! — Então, bateu a pata no chão várias vezes e encarou Amanda com tanta força que ela quase desviou o olhar. — Sai daqui. Sai daqui agora. Você estragou tudo.

Ela ficou sem reação mais uma vez. Não chorou, não gritou e muito menos saiu dali. Suas patas pareciam estar grudadas no chão. Se Dênis não a tivesse puxado de lá, é provável que ela nem tivesse se mexido.

Amanda ficou como se estivesse em transe. A voz de Dênis em seu ouvido pedindo a ela que o acompanhasse e o som da porta sendo batida por Davi pareciam apenas ruídos abafados distantes.

Quando eles chegaram ao outro quarto e Dênis fechou a porta, Amanda mudou completamente. Jogou-se sobre sua cama e desatou a chorar.

Era um choro silencioso, que mal refletia o quanto aquilo a havia afetado. Dênis se aproximou e se sentou ao seu lado.

— Eu sinto muito.

Amanda olhou para ele com os olhos mais vermelhos do que o normal e se jogou em seu peito.

— Ah, Dênis! Como ele pôde fazer isso comigo?

Dênis afagou sua cabeça, com carinho.

— Ele está cego de paixão, Amanda — respondeu ele, baixinho. — Completamente cego.

Ele suspirou e completou:

— Você gosta dele, né?

Ela levantou os olhos inchados para ele.

— Nem adianta tentar negar — disse Dênis antes que ela pudesse abrir a boca. — A maneira como você olha para ele é a mesma que ele olha para a Catarina.

Dênis era um observador tão atento que Amanda sabia que, realmente, nem adiantava negar.

— Eu gosto. — Seus olhos se encheram de lágrimas mais uma vez. — Mas ele não gosta de mim, então, de que adianta?

Dênis a abraçou bem forte.

— Eu te entendo. — Seu olhar estava distante, como se estivesse falando sozinho. — Sei como é quando quem você gosta não sente o mesmo por você.

Amanda não falou mais nada, apenas o abraçou ainda mais forte. Os dois ficaram assim, só abraçados e em silêncio, com os pensamentos longe por tanto tempo que até perderam a noção da hora.

CAPÍTULO 10

Davi não sabia o que fazer. Primeiro, algo entre ele e Catarina havia quase acontecido, mas ela havia saído dali tão rápido que eles nem tiveram tempo de conversar. Depois, havia ficado tão atordoado que gritou com Amanda de um jeito que ela não merecia, provavelmente decepcionando tanto ela quanto Dênis. E seus pais, será que eles o ouviram gritando? Talvez eles estivessem na horta, então talvez não. Tomara que não.

De qualquer jeito, de cinco coelhos que eram importantes para ele, havia decepcionado três de uma vez só. E naquele momento, depois de ter esfriado a cabeça, podia ver isso claramente.

O que será que ele devia fazer primeiro? Ir atrás de Amanda, de Dênis ou de Catarina?

Achou que devia falar com Amanda e Dênis primeiro, já que eles moravam todos na mesma casa. Em seguida, podia ir à casa de Catarina e conversar com ela com mais calma.

Estava decidido: procuraria Amanda e, depois, Dênis. Assim, levantou-se e saiu. Quando chegou à porta do outro quarto, reparou que estava entreaberta. Pensou se devia bater, mas a curiosidade de ver como Amanda estava foi mais forte. Abriu devagarinho, e a cena que viu não foi nada parecida com a que ele imaginava.

Amanda e Dênis estavam sentados na cama, abraçados e de olhos fechados, tão absortos em seus próprios pensamentos que nem repararam na presença dele. Então, Davi recuou com cuidado e se afastou dali antes de pensar sobre o que havia acabado de ver.

Amanda e Dênis? Juntos? Seria possível? Ele nunca havia imaginado sequer a existência dessa possibilidade. Havia pensado que, se Amanda não fosse ficar com ele, ficaria com algum outro coelho aleatório, jamais com um de seus irmãos – ainda mais o Dênis que, por ser o mais novo da família depois de Davi, era tão próximo a ele.

Isso o incomodava? Não sei. Acho que era mais uma estranheza com a qual ele teria que se acostumar, afinal, seu foco estava em conquistar Catarina. Amanda estava livre para ficar com quem quisesse.

Decidiu deixar para falar com eles mais tarde e ir à casa de Catarina primeiro. No caminho, repassou várias vezes a conversa que teria com ela e tentou pensar em tudo o que poderia dar errado.

Bateu à porta, mas ninguém respondeu. Bateu mais uma, duas, três vezes. Davi já começou a ficar impaciente. Na quarta vez, a mãe da Catarina abriu a porta com cuidado, saiu e a fechou atrás de si.

— Oi. Seu nome é Davi, certo?

— Oi. Sim. A Catarina está?

— Está — a expressão de Paula estava séria —, mas ela não quer te ver.

A sensação que Davi teve foi que o chão debaixo de suas patas havia desabado. Dentre todas as situações que imaginou que poderiam acontecer, jamais pensou que *aquela* seria uma delas.

— Ela… não… quer me ver? — Davi estava muito atordoado. — Mas por quê?

Paula suspirou.

— Ela me contou o que aconteceu.

Davi ficou sem reação por alguns segundos.

— Ela… te contou? Tudo?

Paula anuiu com a cabeça. Davi suspirou.

— Desculpa. Eu sei que tudo aconteceu muito rápido. Eu sei disso. Mas eu nunca senti isso em relação a ninguém antes. Eu… — Ele respirou fundo. — Eu gosto muito da sua filha.

Ela se aproximou e o olhou com ternura.

— Eu acredito em você, Davi. Você parece ser um coelho muito bom. Mas minha Catarina nunca passou por isso antes. — Ela fez uma pausa, procurando pelas palavras certas. — Ela nunca... ficou com ninguém, entende?

Davi sorriu.

— Eu também não. Catarina é, como todos costumam dizer, "meu primeiro amor".

Paula deu uma risadinha.

— Eu acho que o fato de ela ter saído de sua casa daquela maneira é, em partes, culpa minha e do Heitor. — Ela corou um pouquinho. — Nunca falamos sobre esse assunto aqui em casa e acho que ela ficou com medo de como nós reagiríamos.

— Ela te disse isso?

Paula hesitou diante da pergunta, mas respondeu:

— Sim.

Davi sentiu como se um peso tivesse sido tirado de suas costas. Se Catarina havia agido daquela maneira também por conta dos pais, isso significava que não era tudo culpa dele – ou seja, ele não havia feito nada muito grave.

— Mas então por que ela não quer me ver?

— Talvez ela esteja com vergonha. — Ela olhou para Davi, que parecia meio triste. — Posso te dar um conselho? Dê tempo ao tempo. Vá para casa e volte daqui a alguns dias que aposto que a Cat já vai estar melhor.

Ele aceitou e agradeceu. Voltou para casa, desolado, e foi direto para seu quarto.

— Não estou em condições de conversar com ninguém agora — disse Davi para si mesmo, depois de fechar a porta. — Mais tarde converso com Amanda e Dênis.

Então se jogou em sua cama e, enquanto pensava em como resolver essa situação, fechou os olhos.

CAPÍTULO 11

Davi esperou três dias. Três dias que pareceram durar uma eternidade e nos quais esse assunto não deixou seus pensamentos nem por um segundo. Acabou não conversando com Amanda ou Dênis e, como eles também não tocaram mais no assunto, ficou por isso mesmo. No quarto dia, porém, não aguentou mais. Trabalhou na horta com sua família durante a manhã e, logo depois do almoço, foi à casa de Catarina.

Bateu à porta, que foi aberta quase que imediatamente por uma coelha mesclada de olhos verdes.

— Oi. — Davi sorriu. — Tudo bem?

Catarina olhou para ele.

— Podemos conversar no meu quarto?

Davi a seguiu. Quando entraram no cômodo e a porta foi fechada, ela ficou de costas para Davi e se virou para a janela.

— Eu fiquei com medo de você não voltar.

Davi arregalou os olhos.

— Eu voltei aqui no próprio domingo, mas, como sua mãe disse que achava melhor eu esperar um pouco, foi o que eu fiz.

— Ela me falou que você veio aqui no domingo e também que te disse isso, e eu agradeço. Esse tempo realmente foi muito bom para que eu pudesse colocar a cabeça no lugar. — Ela fez uma pequena pausa. — Mas, ainda assim, eu fiquei com medo de que você não fosse voltar.

Davi se aproximou.

— Por que eu não voltaria? Você é alegre, gentil, inteligente e — ele hesitou — bonita. Você é muito bonita, Catarina.

Ela se virou para ele com os olhos brilhando.

— Você me acha bonita? De verdade?

Ele sorriu.

— Acho. De verdade.

— Além dos meus pais, nunca tinham me dito algo assim antes. Obrigada. — Ela corou. — Você também é bem bonito, sabia?

Davi ficou um pouco envergonhado.

— Sério? Você realmente acha isso?

Ela sorriu.

— Acho. Eu acho.

Então eles se aproximaram, devagar, até serem capazes de ouvir a respiração um do outro. Sabiam o que estava para acontecer.

Seus corações estavam acelerados quando eles se encararam. Seus rostos estavam a pouquíssimos centímetros um do outro, como há alguns dias na casa de Davi; a diferença é que, agora, não havia ninguém para interrompê-los.

Eles fecharam os olhos quando seus lábios finalmente se encontraram e os dois estremeceram. Foi um beijo rápido, mas tão mágico que pareceu durar muito mais. Assim que se separaram, ambos sorriram.

— Davi — Catarina olhou para ele, ainda com o sorriso no rosto —, eu acho que você deve saber que eu... eu nunca havia feito isso antes. Você foi meu primeiro beijo.

Davi deu uma risadinha.

— Então eu acho que eu também preciso te confessar uma coisa. — Ele abaixou o volume de sua voz. — Eu também não. Você também foi o meu primeiro beijo.

Os dois riram feito bobos, incapazes de conter a felicidade que teimava em irradiar de dentro deles.

— Bem, acho melhor eu ir. — Com relutância, Davi se aproximou da porta. — Eu te vejo amanhã?

— Claro. Que horas?

— Eu trabalho de manhã, então só posso à tarde. O que acha de nos encontrarmos depois do almoço? Podemos caminhar perto daquele riacho que fica perto da minha casa.

— Perfeito. — Catarina sorriu mais uma vez. — Até amanhã.

Davi abriu a porta e também sorriu em resposta.

— Até amanhã.

CAPÍTULO 12

Duas semanas se passaram. Desde seu primeiro beijo, Davi e Catarina se viram todos os dias – andaram à beira do riacho, visitaram a horta, conversaram, riram e se divertiram. Em resumo, quando não estavam juntos, eles só pensavam em quando seria a próxima vez em que se veriam de novo, pois um só tinha olhos para o outro.

Então, um dia, Davi levou Catarina para uma área bem florida da floresta, ajoelhou-se, declamou um dos poemas favoritos dela e pediu-a em namoro. Disse que gostava muito dela e que, apesar de se conhecerem há pouco tempo, nunca esteve tão certo de outra coisa. Com um sorriso no rosto, Catarina aceitou sem pensar duas vezes e eles se beijaram – os dois estavam perdidamente apaixonados.

Contudo, ao mesmo tempo em que Davi se aproximava de Catarina, afastava-se de Amanda. Ela, por sua vez, aproximou-se de Dênis, pois ele se tornou cada vez mais carinhoso e gentil com ela e, consequentemente, eles passaram a ficar muito tempo juntos.

Quando chegou o aniversário de Amanda, toda a família se reuniu, inclusive os irmãos e irmãs de Davi que já haviam se casado e suas atuais famílias – seus cônjuges e seus filhos. Além deles, Catarina também foi convidada.

O dia amanheceu lindo e bem ensolarado. Miriam, Jorge, Dênis e Davi acordaram Amanda cantando "parabéns" e segurando um pequeno bolo.

— Esse é só para agora — justificou Miriam. — Mais tarde teremos o seu bolo de aniversário de verdade.

Amanda agradeceu e abraçou todos. Ficou um pouco sem graça perto de Davi, mas o sentimento foi recíproco.

Os convidados chegaram pouco antes da hora do almoço. A casa ficou cheia e animada, com coelhos matando a saudade uns dos outros em todos os cantos.

Amanda ganhou muitos presentes. De seus sobrinhos postiços, ganhou muitos desenhos. De Catarina, ganhou um livro. De Davi, ganhou algumas ferramentas para ajudá-la em seu trabalho como exploradora (como Davi acabou nem conversando com Catarina sobre o presente de Amanda, foi isso que ele acabou escolhendo). Mas o seu favorito foi o de Dênis: sua própria personagem em quadrinhos, inspirada nela, que também era uma exploradora.

— Tia — um coelhinho cinza manchadinho se aproximou de Amanda segurando um desenho —, eu e minha irmã desenhamos você escalando uma montanha. Esse é nosso presente.

Amanda sorriu carinhosamente e pegou o presente.

— Que lindo, Lucas! Você e a Luana desenham muito bem. Muito obrigada, querido.

— Lucas, a mamãe está te chamando. — Daniel se aproximou deles e apontou para o outro lado da sala.

— Já tô indo, pai!

— Crianças, né? — comentou Daniel assim que Lucas saiu correndo pela casa. — Sempre cheios de energia.

— Fofas. — Amanda olhou para a folha que segurava em sua pata e riu. Era praticamente impossível decifrar o que estava desenhado ali.

Daniel olhou para Amanda com atenção somente depois de a abraçar e dar parabéns.

— Caramba, você realmente mudou bastante. Nem parece mais aquela coelha que começou a morar aqui dormindo no quartinho dos fundos.

— Pois é — disse Dênis, aproximando-se deles. — Ela está muito mais bonita, não está?

Amanda corou e Daniel deu um sorrisinho para seu irmão. Então, mudou de assunto.

— O Davi está namorando agora, né? — perguntou ele, olhando ao seu redor. — Qual é o nome dela mesmo?

— Catarina — respondeu Dênis, olhando de soslaio para Amanda.

— Vamos almoçar? — gritou Miriam da cozinha. — Não vão aproveitar enquanto a comida está fresquinha?

Eles almoçaram e todos – todos, sem exceção – elogiaram Miriam e Diana pela refeição (Diana era a irmã de Davi que se tornou uma cozinheira, e tudo o que ela preparava ficava realmente uma delícia). Depois de estarem satisfeitos e os pratos terem sido recolhidos, ela colocou um bolo de coco recheado – o favorito de Amanda – sobre a mesa.

Os convidados se juntaram numa ponta da mesa e Amanda se colocou atrás do bolo na outra. Ficou um tanto envergonhada quando todos aqueles coelhos cantaram "parabéns" para ela, mas também muito feliz e agradecida.

— É pique! É pique! É pique, é pique, é pique! É hora! É hora! É hora, é hora, é hora! Rá-tim-bum! Amanda! Amanda! Amanda!

Assim que ela assoprou sua vela de aniversário e todos gritaram "Aê!", "Viva!" ou "Urrul!", algo que ninguém esperava aconteceu.

Dênis, tomado pela emoção e uma coragem repentina, correu até Amanda, pegou-a pela cintura e a beijou.

Ela ficou claramente surpresa, mas retribuiu o beijo e todos gritaram ainda mais – afinal, apesar de não ser com Davi, pelo menos Amanda ainda ficaria com alguém da família.

Falando nele, Davi fez o contrário da maioria e parou de gritar quando eles se beijaram. Ficara tão envolvido com Catarina nas últimas semanas que se esquecera completamente da possível existência do casal Amanda e Dênis, e aquele beijo trouxera tudo de volta à sua mente. Num primeiro momento, ficou surpreso e sem reação. Depois, sentiu-se estranho. Estava muito feliz com Catarina, mas, de alguma maneira, aquela situação o incomodava.

Dênis soltou Amanda com um olhar ansioso, como se procurando por algum tipo de aprovação ou um sentimento recíproco no rosto dela. Ela, então, sorriu e o abraçou, e um peso saiu dos ombros dele.

— A gente precisa conversar — sussurrou Dênis no ouvido de Amanda. — Quer ir lá fora?

— Vamos pelo menos comer o bolo e depois a gente vai, ok? — respondeu ela, corada.

Ele concordou e ajudou a distribuir as fatias para os convidados enquanto Miriam e Diana cortavam o bolo.

Todos elogiaram a sobremesa, como era de se esperar, e muitos repetiram. Davi, entretanto, mal encostou em seu pedaço.

— Não vai comer? — Catarina se aproximou, segurando um prato quase vazio. — Está tão gostoso.

— Não estou com muita fome — argumentou Davi.

— Mesmo assim. Não precisa estar com fome para comer um bolo desses. — Ela deu uma risadinha. — Já fui falar com sua mãe e com sua irmã para elogiá-lo.

— Aposto que elas adoraram o elogio.

— Claro. Todo mundo gosta de ser elogiado, mas elas realmente mereceram. — Ela apontou para a porta dos fundos. — Olha! A Amanda e o Dênis estão saindo. Sabe para onde eles vão?

— Não.

Mas bem que ele gostaria de saber.

— Pode ser que eles tenham ido dar uma volta. — Ela colocou seu prato sobre a mesa. — Quer fazer a mesma coisa?

Davi olhou para ela e sorriu. Talvez passar um tempo à sós com sua namorada o fizesse se sentir melhor.

— Claro. Afinal, se a aniversariante não está mais aqui, não tem problema, certo?

Então os dois saíram, também pela porta dos fundos. O sol estava começando a se pôr e eles se sentaram sobre a grama, ignorando o barulho que vinha de dentro da casa e admirando a paisagem.

— Crepúsculo é uma hora do dia tão linda, você não acha? — indagou Catarina.

Davi concordou com a cabeça, olhando para ela.

— Só não é mais linda do que você.

Catarina corou e se deitou no colo dele. Davi colocou uma pata sobre a cabeça dela e começou a acariciá-la.

— Não há palavras suficientes para descrever a beleza de um entardecer, você não acha? — perguntou ela, sonhadora.

Ela fechou os olhos e Davi avistou Amanda e Dênis. Haviam acabado de se abraçar e agora estavam se beijando outra vez.

— Acho — respondeu ele, distraído. — Também acho.

Assim que Amanda e Dênis saíram da casa, ele se precipitou:

— Antes que você diga qualquer coisa, me deixa falar primeiro. Eu sei que você gosta do Davi e tudo mais, mas também sei que, por mais que isso talvez seja ruim para você escutar, ele está apaixonado pela Catarina e ela por ele, e os dois estão felizes.

Ele suspirou antes de continuar:

— A verdade é que já faz um tempinho que venho sentindo algo por você. Num primeiro momento, tentei reprimir esse sentimento, pois sabia que você gostava do meu irmão, e pensei que ele também gostasse de você. Mas desde que Davi começou a namorar Catarina, temos nos aproximado cada vez mais e isso que sinto por você apenas cresceu em mim.

Dênis respirou fundo e prosseguiu:

— Eu queria que você me desse uma chance. Sei que você talvez não goste tanto de mim quanto gosto de você, mas queria que você pelo menos tentasse e desse uma chance para nós dois.

Amanda o encarou e os olhos dos dois se encontraram. Ela os estudou por alguns segundos, até que suspirou e sorriu.

— Dênis, eu também gosto muito de você. Muito. E eu acho que, talvez, a gente possa dar certo.

Dênis ficou tão feliz que não resistiu e a abraçou. Quando se separaram, ele deu um sorrisinho envergonhado.

— Será que aquele beijo podia rolar de novo?

Ela corou, e eles se beijaram mais uma vez sob a luz alaranjada do crepúsculo.

CAPÍTULO 13

Várias semanas se passaram. Depois do aniversário de Amanda, a relação entre Davi e Catarina começou a mudar – não havia mais aquela paixão tão grande entre eles, apesar de ainda haver alguma coisa. Na realidade, foi Davi quem, quase sem perceber, começou a se afastar dela de pouquinho em pouquinho.

A verdade é que a relação entre Amanda e Dênis passou a incomodá-lo cada vez mais. No começo, ela estava indo bem: Amanda aprendeu a gostar de Dênis, e eles estavam sempre juntos. Contudo, as diferenças entre os dois se tornaram cada vez mais evidentes, a situação começou a desandar e Amanda e Dênis também começaram a se afastar.

Certo dia, logo após os pratos do jantar terem sido recolhidos, Amanda pediu a Dênis para falar à sós com ele.

— O que foi? — perguntou ele assim que fechou a porta do quarto atrás de si.

— A gente precisa conversar.

Eles se sentaram na cama e Dênis olhou para ela, desconfiado, pois já imaginava qual era o assunto. Mesmo assim, perguntou:

— Sobre o quê?

Amanda respirou fundo. Quando finalmente respondeu, o choro já estava em sua garganta e sua voz saiu entrecortada.

— Não está funcionando. A gente não está dando certo.

Dênis suspirou e olhou para cima, também tentando engolir o choro. Entretanto, assim que olhou para ela novamente, uma lágrima escorreu pelo seu rosto.

— Eu sei. Na verdade, eu já sabia, só não queria acreditar nisso. — Ele pegou uma pata dela e colocou entre as suas. — Eu... eu quero que você saiba que esse tempo que passamos juntos, apesar de curto, foi bom, viu? Foi muito bom.

Amanda piscou para afastar as lágrimas, sem sucesso, e Dênis prosseguiu:

— Eu acho que nós... eu, principalmente... confundimos amor fraternal com amor romântico. Eu te amo, Amanda, de verdade; só não da maneira que eu imaginava.

Ela passou a pata no rosto, tentando limpar o pranto que teimava em escorrer de seus olhos.

— Você é muito importante para mim, Dênis. Eu também te amo e sempre te amarei. — Ela respirou fundo. — Mas me dei conta de que eu te amo como um irmão.

Dênis balançou a cabeça, resignado.

— Bem, eu acho que é isso. — Ele se aproximou dela e eles se encararam. — Mas saiba que eu jamais vou te esquecer, Amanda. Jamais vou esquecer esse tempo que passamos juntos.

Amanda esfregou os olhos.

— Nem eu.

Então, eles se abraçaram bem forte e ficaram assim por um longo tempo.

Pouco depois, Davi viu Amanda sair do quarto com o rosto inchado e os olhos mais vermelhos do que o normal.

— Amanda, o que aconteceu?

Ela, porém, apenas passou por ele e não respondeu. Através da porta aberta do quarto, Davi pôde ver Dênis de costas para ele, sentado à sua mesa de trabalho, com a cabeça entre as patas.

O que será que havia acontecido? Foi para seu quarto e começou a refletir sobre o assunto. Quando a hipótese de que Dênis e Amanda haviam terminado o namoro surgiu em sua mente, uma faísca de esperança brilhou em seu peito.

A verdade é que, desde o aniversário de Amanda, ela é quem começara a ficar presente em seus pensamentos cada vez mais, ocupando o lugar que antes pertencia a Catarina. O começo do relacionamento entre Amanda e Dênis e a perspectiva de perdê-la desencadearam uma série de sentimentos que, apesar de já estarem presentes em Davi, estavam escondidos, adormecidos. Mas, a cada dia que passava, ele se dava conta de que realmente gostava de Amanda e o quão burro fora por não ter dito isso a ela antes que fosse tarde demais. Foi por estar sempre pensando nisso que começou a se distanciar de sua namorada.

Entretanto, o fato de ela terminar com Dênis mostrava que ele ainda tinha alguma chance. Assim, Davi chegou à conclusão de que, antes de qualquer coisa, precisava terminar com Catarina.

Bateu à porta da casa dela no dia seguinte, depois do almoço, segurando um buquê de flores. Logo após a primeira batida, Paula a abriu.

— Oi, Davi. Pode entrar. Fique à vontade.

Ela deu licença para que ele pudesse entrar e Davi subiu as escadas em silêncio, como de costume, para não acordar o Heitor.

A porta do quarto de Catarina estava entreaberta, então, ele apenas deu uma batidinha de leve e entrou.

Catarina estava, como na maioria das vezes, lendo em cima da cama. Assim que viu Davi, fechou seu livro, colocou-o sobre a mesa de cabeceira e sorriu.

— Oi, Davi! Que surpresa boa. Veio fazer algo importante ou só me visitar mesmo?

Pela expressão despreocupada dela, Catarina esperava alguma resposta parecida com "estava passando por aqui e resolvi te fazer uma visita" ou "não aguentei esperar até amanhã para te encontrar". Entretanto, a resposta que ela obteve na realidade foi bem diferente.

— Eu preciso falar com você, Cat. É importante.

O rosto dela assumiu um semblante sério.

— Caramba, Davi, o que foi? Você parece estranho. Acho que nunca te vi assim antes.

E ela não tinha visto mesmo.

Davi se aproximou e entregou-lhe o buquê.

— Antes de qualquer coisa, isso é para você.

Catarina corou, pegou as flores e as cheirou.

— Ah, são lindas! Muito obrigada. Mais tarde vou procurar um vaso bem bonito para elas.

Com cuidado, ela colocou seu buquê sobre a cama.

— Então, sobre o que você queria falar de tão importante?

Davi respirou fundo e se aproximou dela.

— Cat, quero que você saiba que eu gosto muito de você. Muito.

Ela estranhou.

— Eu sei, Davi. Eu também gosto muito de você. Mas aonde você quer chegar?

Davi abriu a boca, mas nenhum som saiu. Catarina subitamente arregalou os olhos.

— Davi, você não vai fazer o que eu estou pensando, né? — Ele ficou em silêncio. — Ou vai?

Davi tentou pegar uma das patas dela, mas Catarina recuou.

— Eu gosto muito de você, Cat, mas… a gente precisa terminar.

Ela ficou sem reação por alguns segundos. Então, levantou-se e olhou para ele.

— Terminar? Mas por quê? Eu fiz algo de errado?

Davi balançou a cabeça.

— Não, claro que não. Você tem sido uma namorada maravilhosa. Na verdade, você é uma coelha maravilhosa, e eu gostaria muito de continuar sendo seu amigo.

Catarina começou a andar pelo quarto.

— Mas então por que você quer terminar comigo? Deve haver alguma razão!

Davi suspirou.

— O problema está comigo. Não é certo eu ficar com você sentindo que nossa relação não tem futuro.

Ela parou de andar e o encarou. Aqueles olhos verdes, que há pouco brilhavam cheios de ternura e paixão, agora estavam opacos de tristeza.

— Por quê? Por que nossa relação não tem futuro?

Davi a encarou de volta. Uma lágrima escorreu pelo rosto de Catarina.

— Por quê, Davi?

Ele respirou bem fundo.

— Desde o primeiro dia em que eu te vi, Cat, já gostei de você e senti que tínhamos algo em comum, algo realmente especial. — Seus olhos se encheram de água. — Eu ainda gosto muito de você, mas não da mesma maneira que antes. Não sinto mais aquela paixão tão intensa, sabe? Mas eu tenho um enorme carinho por você e espero muito poder continuar sendo seu amigo.

Mais lágrimas escorreram de ambos os rostos e eles ficaram em silêncio. Quando Catarina finalmente respondeu, sua voz saiu entrecortada.

— Sabe, apesar da surpresa, acho que alguma parte de mim já esperava por isso.

Davi olhou para ela, perplexo, e ela continuou:

— Já faz algum tempo que você está diferente, não está mais tão carinhoso ou atencioso como antes. Você foi ficando cada vez mais distraído e distante, e eu percebi que a paixão que havia entre nós começou a desaparecer. — Catarina suspirou. — Eu só não esperava que fôssemos terminar tão rápido. Eu ainda gosto de você como... meu namorado, entende?

Davi ficou atordoado e sem reação. Ela, então, pegou as flores que ele havia lhe dado, cheirou-as novamente e fungou.

— Vou colocar essas flores num vaso especial e deixá-las aqui no meu quarto para que eu nunca te esqueça, Davi. Você foi, ainda é e sempre será muito importante para mim. — Ela deu uma risadinha. — Você foi meu primeiro amor.

Davi esfregou a pata no rosto para enxugar as lágrimas.

— Você também foi meu primeiro amor, Cat, e sempre será muito importante para mim.

Em seguida, os dois se abraçaram. Não posso dizer que não foi um pouco esquisito e constrangedor, mas com certeza foi bom.

— Então a gente pode continuar sendo amigo? — perguntou Davi, esperançoso.

Catarina balançou a cabeça.

— Acho que sim, mas vamos dar tempo ao tempo. Eu vou demorar para superar tudo o que aconteceu, Davi.

Davi a abraçou mais apertado e Catarina fez o mesmo. Assim, com os rostos inchados e molhados, os dois ficaram abraçados por um longo tempo. Nenhum deles tinha coragem de se soltar, pois, a partir do momento em que Davi passasse por aquela porta e saísse da casa, aquele término seria real.

CAPÍTULO 14

A notícia dos términos entre os casais Amanda/Dênis e Davi/Catarina se espalhou rapidamente pela família. Mesmo assim, tirando Miriam e Jorge, que fizeram de tudo para reconfortar tanto seus filhos quanto Amanda, ninguém mais comentou sobre o assunto.

Após algumas semanas, Davi já estava se sentindo melhor. Então, começou a pensar no jeito perfeito de se declarar para Amanda.

Acabou resolvendo que, além de outras coisas, ia preparar um cartão bem bonito. Então, certa noite, foi até a cozinha e pegou algumas canetas coloridas que ficavam sempre numa gaveta debaixo da pia. Contudo, quando já estava com a pata na maçaneta pronto para voltar para seu quarto, ouviu a voz de seus pais e captou uma parte da conversa.

— … simplesmente muito difícil de aceitar.

— Eu sei, Miriam. Também é muito difícil para mim. Você sabe que também me apeguei muito a ela. Mas, se isso é o que ela quer, acho que devemos apoiá-la.

Davi aproximou as orelhas da porta para ouvir melhor, curioso.

— Mas é tão longe e por tanto tempo!

— Miriam, é a vida dela. E vai ser bom, você sabe disso.

— Mas ela não podia se inscrever em algum programa de exploradores mais perto daqui?

O coração de Davi deu um salto ao ouvir a palavra "exploradores" e ele aguçou os ouvidos.

— Ela disse que esse é o melhor de toda a floresta.

Davi podia escutar os soluços de sua mãe.

— Calma, Miriam. Ainda temos tempo para nos prepararmos para uma despedida, e vai passar rápido. Sem que você perceba, já terão se passado dois anos.

O coração de Davi começou a ficar tão disparado que ele pôde sentir o sangue latejando em seus ouvidos. Depois disso, não ouviu mais nada daquela conversa entre seus pais – apenas largou as canetas e se jogou no chão da cozinha, completamente devastado.

Como seu mundo podia ter desabado daquela maneira tão rapidamente? Há poucos minutos, estava feliz e ansioso para fazer um cartão e se declarar para Amanda. Agora, não via sentido em mais nada daquilo, pois ela estava indo embora. Pior: ela estava indo embora para longe e por dois anos.

Ele conhecia o programa para exploradores que seu pai havia mencionado, e também sabia onde ficava – do outro lado da floresta. Por que ela ia fazer isso? A ideia de não poder sequer ver Amanda por tanto tempo era simplesmente angustiante.

Davi entrou em desespero, sem saber o que fazer. Acabou devolvendo as canetas para a gaveta e passou pela sala, agora vazia, indo em direção ao seu quarto.

Naquela noite, ele demorou para dormir e acabou despertando no meio da madrugada. Como não conseguia dormir de novo, levantou-se com a intenção de ir ao banheiro. Com a cabeça ainda baixa e bocejando de sono, não prestou atenção por onde andava e esbarrou em algo antes mesmo de chegar à porta.

Quando levantou os olhos, deu de cara com um coelho que se tornava cada vez mais familiar: malhado de todas as cores, com uma galhada abaixo das orelhas e um cajado em uma das patas dianteiras.

— Eu acho que eu sei por que o senhor está aqui. — Davi já estava começando a se acostumar com aquelas visitas. — Eu estava errado.

Mawéka colocou sua pata livre no ombro de Davi.

— Errado?

Davi suspirou.

— É. Apesar da Catarina ser linda, inteligente e tudo mais, quem eu gosto de verdade é da Amanda. Eu só não tinha me dado conta disso ainda. — Davi o encarou. — O senhor já sabia disso, não sabia?

Mawéka anuiu com a cabeça.

— Sim, meu jovem. Eu sempre soube.

Davi se revoltou.

— Então por que o senhor não me disse antes? Se eu já soubesse disso, talvez pudesse ter feito algo antes que fosse tarde demais. A Amanda está indo embora.

Gentilmente, Mawéka levantou o queixo de Davi a fim de poder olhá-lo nos olhos.

— Era preciso que você descobrisse isso por si mesmo. — Mawéka sustentou o olhar de Davi. — E quem disse que é tarde demais?

— Claro que é tarde demais. O senhor não ouviu? Ela está indo embora.

Mawéka respondeu bem calmamente, mas sério.

— Você só vai saber se é tarde demais se você tentar, Davi. Converse com ela, diga o você sente. — Os olhos do deus da floresta pareceram brilhar. — Faça tudo o que estiver ao seu alcance.

Davi encarou o chão e começou a refletir.

— O senhor acha que, se eu falar com ela, pode ser que ela fique?

Mawéka sorriu.

— Quem sabe?

E, dizendo isso, Mawéka desapareceu e Davi acordou. O sol já havia nascido e ele pulou da cama, pronto para procurar por Amanda.

Estava decidido a contar tudo para ela assim que a encontrasse, mesmo que não houvesse pensado em um discurso, preparado um cartão ou feito qualquer coisa do tipo. Falaria na hora o que seu coração mandasse, pois o mais importante era falar com Amanda o mais rápido possível.

Procurou por ela no outro quarto, no banheiro, na sala e até mesmo na cozinha, mas não a encontrou. Então foi até a horta e a viu trabalhando junto a seus pais. Dênis também estava lá, mas mantinha uma certa distância deles.

Pela cara de seu irmão, Dênis provavelmente já sabia da partida de Amanda. Assim que Jorge e Miriam avistaram Davi, cochicharam um para o outro e fizeram sinal para Amanda, que suspirou e foi até ele.

— Posso conversar com você?

Eles voltaram para dentro da casa e se sentaram no sofá da sala.

— Tenho uma coisa para te contar. — Amanda falava devagar, procurando pelas palavras certas.

— Eu também tenho uma coisa para te contar — interrompeu-a Davi —, e acho que devo falar primeiro.

Amanda esperou, um pouco surpresa.

— Eu vou ser direto, tá? — Davi respirou fundo. — Amanda, eu gosto de você.

Ela ficou sem reação e ele prosseguiu:

— Eu fui tão burro. Eu estava tão cego de paixão pela Catarina que não conseguia enxergar o que estava bem na minha frente. Você é tão linda, inteligente, gentil e divertida. — Davi se sentou mais perto dela e repetiu: — Eu gosto muito de você, Amanda.

Amanda o encarou, em silêncio, por tanto tempo que Davi começou a ficar preocupado.

— Você não vai falar nada?

Ela, então, avançou e o beijou.

Eles fecharam os olhos. Se Davi tinha achado seu beijo com Catarina mágico, aquele fora muito mais, pois ele sentiu que realmente estava fazendo a coisa certa.

Quando os lábios de Amanda se soltaram dos seus, Davi abriu os olhos.

— Caramba.

Ela sorriu.

— Gostou?

Ele olhou para ela e sorriu de volta.

— Muito.

Davi e Amanda coraram e se beijaram novamente. Palavras eram desnecessárias, pois ambos sabiam que se gostaram desde sempre, só demoraram para enxergar e admitir isso.

Aquele pareceu um momento realmente mágico. Se fosse possível, eles gostariam de ter parado o tempo e ficado assim para sempre, pois sabiam que o assunto que estava por vir não agradaria a nenhum dos dois.

— Davi — disse Amanda assim que eles conseguiram se soltar —, lembra que eu também tenho que te contar uma coisa?

Davi balançou a cabeça.

— Eu já sei o que você vai dizer. Você vai entrar naquele programa de exploradores.

Ela arregalou os olhos.

— Como você sabe?

— Eu ouvi meus pais conversando sobre isso ontem à noite, na sala. Eu estava na cozinha, então eles não sabem que eu ouvi tudo.

Amanda encarou o chão.

— Já enviei minha inscrição. Vou embora em alguns meses.

Um silêncio constrangedor se instalou no ambiente. Davi foi o primeiro a quebrá-lo.

— Fique.

Amanda levantou os olhos, surpresa.

— O quê?

Davi repetiu.

— Fique aqui, por favor. Agora que finalmente podemos ficar juntos, não quero me separar de você. Por favor, fique.

Uma lágrima escorreu pelo rosto dela.

— Não posso. Você sabe que eu sempre quis entrar nesse programa, mas nunca tive coragem. Agora que eu tive, não vou dar para trás. Eu vou.

Os olhos de Davi se encheram de água e mais lágrimas escorreram pelo rosto de Amanda.

— Vem comigo — disse ela.

Agora foi a vez de Davi ficar surpreso.

— Hã?

Amanda se aproximou.

— Vem comigo. Ainda dá tempo de você se inscrever e esse sempre foi um sonho nosso. Sempre sonhamos em ir juntos para esse programa de exploradores. — Ela pegou a pata dele. — Além disso, poderemos ficar juntos.

Davi começou a refletir. Seria muito difícil ficar dois anos longe de sua família, mas era verdade que ele sempre pensou em ir para esse programa – só estava esperando pelo momento certo. Talvez esse momento tivesse finalmente chegado.

Ele olhou para ela, que esperava apreensiva pela resposta dele.

— Por onde eu me inscrevo?

Amanda deu um gritinho de felicidade e o abraçou.

— Eu te amo, Davi.

Davi se assustou, pois, além de seus parentes, ninguém nunca havia lhe dito isso. Ele sorriu.

— Eu também te amo, Amanda.

E então eles se beijaram mais uma vez.

CAPÍTULO 15

Meses depois, chegou o dia da partida de Davi e Amanda. Havia uma mistura de sentimentos nos dois: estavam animados para conhecerem o programa e ansiosos pela longa jornada que ainda teriam, mas ao mesmo tempo tristes por terem que se despedir de sua família.

Todos que foram ao aniversário de Amanda estavam presentes, inclusive Catarina. Mesmo que ela não fosse mais a namorada de Davi, a paixão que havia entre eles se transformou em um grande carinho um pelo outro, e ela ainda era sua amiga.

Não posso dizer que a hora de se despedir foi fácil. Muitas lágrimas foram derramadas, especialmente por Miriam e Jorge (o pai de Davi até tentou segurar o choro, mas não conseguiu).

— Se lá estiver muito chato, me fala que eu vou até lá contar umas piadas para vocês, beleza? — assegurou Diogo.

— Aproveita muito, maninho — disse Daniel.

— Ah, será que a comida de lá é boa? — perguntou Diana, preocupada. — Talvez eu devesse ter preparado algo para vocês levarem.

— Quero receber notícias de vocês todos os dias, ok? — disse Miriam em meio às lágrimas enquanto abraçava Davi e Amanda. — Todos os dias!

Jorge fungou ao olhar para Davi.

— Meu garoto já está tão grande e tão bonito. — Ele se virou para Amanda. — E a namorada dele também.

Amanda deu uma risadinha, meio sem jeito.

— Vou sentir saudade de vocês. Desde que cheguei aqui, fui muito bem acolhida por todos. — Ela esfregou os olhos. — Obrigada por tudo, especialmente por me deixarem fazer parte dessa família. Eu amo vocês.

Miriam abraçou Amanda com muita força.

— Também te amamos, querida. E nós que temos que te agradecer por você ter aparecido em nossas vidas.

Elas ficaram abraçadas por um tempinho, até que Dênis se aproximou. Percebendo que eles deveriam se despedir à sós, Miriam e Jorge se afastaram.

— Eu vou sentir muito a sua falta, Amanda. — Os olhos de Dênis estavam marejados.

— Ah, Dênis. Eu também.

Ela se aproximou ainda mais e eles se entreolharam, sem saber como se despedir. As vozes fugiram das bocas dos dois durante alguns segundos, até que Amanda finalmente conseguiu voltar a falar.

— Muito obrigada por tudo.

— Eu que agradeço. — Dênis deu um pequeno sorriso. — Espero que esse programa para exploradores que vocês estão indo seja seguro.

— Ah, é sim.

— Qualquer coisa só dar um grito que eu vou lá te salvar, tá? — brincou Dênis, tentando aliviar a tensão do momento.

Amanda deu uma risadinha e Dênis abriu os braços.

— Vem cá.

Aquele abraço foi com certeza o mais longo e o mais forte que eles já haviam dado, do qual os dois relutaram em se separar por saberem que demoraria até que pudessem dar outro igual.

— Te vejo em dois anos? — perguntou Amanda quando eles finalmente se soltaram.

— Claro, se eu ainda estiver aqui — disse Dênis, em tom de brincadeira.

Amanda riu e Dênis se afastou dela para se despedir de Davi.

— Até mais, Davi. Vou sentir sua falta

— Eu também. — O rosto de Davi também já estava molhado pelo choro, mas lágrimas ainda teimavam em escorrer. — Você sabe que sempre foi meu irmão favorito.

Eles riram e se abraçaram de uma maneira um pouco desconcertada.

— Aproveita, cara. — Dênis sorriu. — Vai ser demais.

Ele já estava virando as costas quando subitamente se voltou de novo para Davi.

— Só mais uma coisa. — Dênis abaixou o volume de sua voz e se aproximou de Davi. — Cuida bem da Amanda, tá?

Davi sorriu.

— Pode deixar.

Então, com um aceno de cabeça, Dênis se afastou quando Catarina chegou perto de Davi.

— É hoje, hein? — Ela tentava sorrir, mas seu rosto se contorcia por tentar segurar o choro.

— Pois é.

Eles se encararam e Catarina não aguentou mais.

— Vou sentir sua falta. — Lágrimas começaram a transbordar dos olhos dela.

— Eu também, Cat. — A voz de Davi saiu entrecortada. — Eu também.

Em seguida, abraçaram-se intensamente. Foi bom, pois há muito que não se abraçavam daquela maneira. Eles estavam assim, apenas próximos e em silêncio, quando Miriam os encontrou.

— Catarina, Amanda quer falar com você.

Catarina estranhou, mas se soltou dos braços de Davi e foi até Amanda.

— Oi. Você queria falar comigo?

Amanda assentiu.

— Sim. Queria me despedir.

Catarina ficou quieta e Amanda se aproximou.

— Não quero que um clima estranho fique entre a gente só por causa do Davi. Você é uma boa coelha.

— Obrigada. Você também é uma boa coelha. — Catarina deu um pequeno sorriso. — Tudo bem, acho que podemos tentar.

Amanda retribuiu o sorriso, e elas se abraçaram pela primeira vez. Foi um abraço leve e um tanto constrangedor, mas ainda assim foi um abraço.

Quando elas se soltaram, Davi chegou perto de Amanda.

— Chegou a hora.

Amanda anuiu com a cabeça e eles se aproximaram da porta.

— Pronto? — perguntou Amanda, ansiosa e um pouco nervosa, mas animada.

Davi respirou fundo.

— Pronto. E você?

Ela sorriu.

— Pronta.

Ele pegou a pata dela.

— Então, vamos.

E desse jeito, com muitos gritos de "Tchau!", "Até logo!", "Até mais!" e "Aproveitem!", Davi e Amanda saíram da casa e adentraram a floresta.

EPÍLOGO

Um ano se passou. Dênis ficou famoso por conta das várias histórias em quadrinhos que publicou e também voltou a namorar. Conheceu Bianca durante o lançamento de um de seus gibis e eles se apaixonaram quase que imediatamente. Foi, como muitos diriam, "amor à primeira vista".

A vida de Catarina também estava indo bem. Realizou seu sonho de se tornar escritora ao publicar seu primeiro livro, chamado *As aventuras do casal explorador*, que fez bastante sucesso. Nele, como o próprio título já diz, ela contava as aventuras de Davi e Amanda enquanto exploradores.

Assim como Dênis, Catarina também conheceu alguém especial. Samuel era, inicialmente, apenas o produtor editorial de seu livro, mas logo eles perceberam que tinham muitos gostos em comum e se aproximaram, começando a namorar pouco tempo depois. Inclusive, foi com ele que Catarina realizou seu outro sonho: viajar pela floresta pela primeira vez.

Mas eu sei que você, caro leitor, está mais curioso para saber sobre Davi e Amanda. Bem, decidi falar sobre eles por último, pois sempre se guarda o melhor para o final.

Assim que entraram no programa, Davi e Amanda foram muito bem acolhidos e fizeram várias amizades. Logo se destacaram pelas suas habilidades, passaram a receber tarefas mais difíceis e a ajudar outros exploradores. Certo dia, enquanto estavam almoçando, Amanda subitamente se virou para Davi.

— Obrigada por ter vindo comigo nesse programa para exploradores.

Davi sorriu.

— Eu que agradeço por você ter me convidado. Estou adorando.

Amanda continuou olhando para Davi e ele começou a ficar envergonhado.

— O que foi?

— Ah, Davi. Você está tão lindo hoje. — Ela sorriu. — Está um gato.

Davi começou a rir e Amanda estranhou.

— Agora é minha vez de te perguntar: o que foi?

— Lembra que, quando nos conhecemos, você vivia me chamando de diversos animais diferentes? — Ele mal conseguia falar de tanto rir. — Resolveu voltar com essa mania?

— Nossa — Amanda também começou a rir —, nem me lembrava mais disso!

Eles ainda estavam rindo quando um outro explorador chegou correndo e se aproximou deles.

— Davi! Amanda! — Ele estava ofegante por conta da corrida. — Precisamos de vocês!

E então fez sinal para que eles o seguissem floresta adentro.

— E aí? — Amanda se levantou e se virou para Davi. — Pronto para voltar à ativa?

Davi sorriu.

— Com você, eu sempre estou pronto.

E foi assim que, juntos, os dois continuaram felizes fazendo o que sempre amaram: explorar.

AGRADECIMENTOS

Em primeiro lugar, agradeço a Deus, que colocou o amor pela escrita em meu coração e me deu todas as oportunidades para que este sonho pudesse se tornar realidade. Nada disso teria sido possível sem Ele.

Agradeço aos meus pais, Sergio e Rosangela, que desde o início me incentivaram a ler e, mais tarde, a escrever e a publicar *Sonhos de Davi*. Amo vocês.

Agradeço à minha tia e madrinha, Rosana, que aceitou escrever o prefácio deste livro e realizou a tarefa com muita beleza e louvor. Também te amo.

Agradeço à minha amiga Heloísa, que foi a primeira a ler *Sonhos de Davi*. Ela já leu vários dos meus escritos e sempre disse que, algum dia, eu publicaria um livro. Estava certa.

Agradeço a todos que, de alguma forma, me ajudaram e me apoiaram nesta jornada. Muito obrigada.

Por fim, agradeço a você, que leu este livro. Desejo que a história de Davi te incentive a perseverar na busca de seus sonhos.